# 儿童散学归来早

丰子恺 著

贵州出版集团
贵州人民出版社

儿时欢乐,何等使我神往!

——《忆儿时》

这些希望似乎并不消灭,但被一种东西包住了,暂时失落在某处,将来一定有重新发现的一日。

——《我的少年时代》

一切空气温暖而和平,一切人公然地嬉戏。

——《新年怀旧》

云中的仙人听到了，也不得不羡慕我们这班盛世黎民的欢乐呢。

——《新年怀旧》

有时我屏绝思虑,注视着她那天真烂漫的脸,心情就会迅速地退回到六十多年前的儿时,尝到人生的本来滋味。

——《南颖访问记》

庭中柳树正在骀荡的春光中摇曳柔条,堂前的燕子正在安稳的新巢上低徊软语。

——《作父亲》

天地间最健全的心眼，只是孩子们的所有物，世间事物的真相，只有孩子们能最明确、最完全地见到。

——《儿女》

这小燕子似的一群儿女,是在人世间与我因缘最深的儿童,他们在我心中占有与神明、星辰、艺术同等的地位。

——《儿女》

我的孩子们！我憧憬于你们的生活，每天不止一次！

——《给我的孩子们》

秋天的云,大都是一朵一朵地分散而疏密无定的。

——《胡桃云片》

他们认真地对猫犬说话,认真地和花接吻,认真地和人像玩耍,其心比艺术家的心真切而自然得多!

——《美与同情》

艺术家的心，对于世间一切事物都给以热诚的同情。

——《美与同情》

《圣经》中说:"你们不像小孩子,便不得进入天国。"小孩子真是人生的黄金时代!

——《美与同情》

美术是人生的"乐园",儿童是人生的"黄金时代"。

——《视觉的食粮》

"云淡风轻,微雨初晴,假期恰遇良辰。"

——《儿童与音乐》

而和平之神与幸福之神,只降临于天真烂漫的童心所存在的世间。

——《儿童与音乐》

有的新陈代谢，瞒过了人的眼睛而在暗中偷换青黄。有的微乎其微，渐乎其渐，使人不觉察其由秃枝变成绿叶。

——《梧桐树》

原来宇宙万物，各有其自己独立的意义，当初并不是为吾人而生的。

——《艺术鉴赏的态度》

# 目录

## 第一章
## 黄金时代

| | |
|---|---|
| 忆儿时 | 003 |
| 我的少年时代 | 009 |
| 新年怀旧 | 012 |
| 两个"？" | 018 |
| 梦痕 | 023 |
| 私塾生活 | 028 |
| 华瞻的日记 | 033 |
| 送考 | 038 |
| 送阿宝出黄金时代 | 043 |
| 王囡囡 | 048 |
| 南颖访问记 | 052 |
| 穷小孩的跷跷板 | 057 |

第二章
# 从孩子得到的启示

| | |
|---|---|
| 作父亲 | 063 |
| 从孩子得到的启示 | 067 |
| 给我的孩子们 | 072 |
| 二学生 | 076 |
| 蝌蚪 | 082 |
| 儿女 | 089 |
| 梧桐树 | 094 |
| 取名 | 097 |
| 爱子之心 | 100 |
| 儿戏 | 102 |
| 幸福儿童 | 104 |
| 我的苦学经验 | 107 |

第三章

# 甘美的回味

甘美的回味　　　123

吃瓜子　　　129

端阳忆旧　　　136

狂欢之夜　　　138

过年　　　141

楼板　　　150

市街形式　　　153

胡桃云片　　　155

第四章
# 艺术鉴赏的态度

| | |
|---|---|
| 美与同情 | 161 |
| 写生世界（上） | 165 |
| 写生世界（下） | 167 |
| 视觉的食粮 | 172 |
| 学画回忆 | 183 |
| 美术与人生 | 191 |
| 为什么学图画 | 193 |
| 音乐之用 | 197 |
| 儿童与音乐 | 202 |
| 标题音乐 | 205 |
| 天的文学 | 208 |
| 自然 | 210 |
| 艺术鉴赏的态度 | 214 |
| "艺术的逃难" | 217 |
| 记乡村小学所见 | 224 |
| 手指 | 232 |
| 随笔漫画 | 238 |
| | |
| 编者的话 | 242 |

第一章

# 黄金时代

正当童年时代，不知众苦，但有一切乐。

# 忆儿时

一

我回忆儿时,有三件不能忘却的事。

第一件是养蚕。那是我五六岁时、我祖母在日的事。我祖母是一个豪爽而善于享乐的人,良辰佳节不肯轻轻放过。养蚕也每年大规模地举行。其实,我长大后才晓得,祖母的养蚕并非专为图利,叶贵的年头常要蚀本,然而她喜欢这暮春的点缀,故每年大规模地举行。我所喜欢的,最初是蚕落地铺。那时我们的三开间的厅上、地上统是蚕,架着经纬的跳板,以便通行及饲叶。蒋五伯挑了担到地里去采叶,我与诸姐跟了去,去吃桑葚。蚕落地铺的时候,桑葚已很紫而甜了,比杨梅好吃得多。我们吃饱之后,又用一张大叶做一只碗,采了一碗桑葚,跟了蒋五伯回来。蒋五伯饲蚕,我就以走跳板为戏乐,常常失足翻落地铺里,压死许多蚕宝宝,祖母忙喊蒋五伯抱我起来,不许我再走。然而这满屋的跳板,像棋盘街一样,又很低,走起来一点也不怕,真是有趣。这真是一年一度的难得的乐事!所以虽然祖母禁止,我总是每天要去走。

蚕上山之后，全家静静守护，那时不许小孩子们吵了，我暂时感到沉闷。然而过了几天，采茧、做丝，热闹的空气又浓起来了。我们每年照例请牛桥头七娘娘来做丝。蒋五伯每天买枇杷和软糕来给采茧、做丝、烧火的人吃。大家认为现在是辛苦而有希望的时候，应该享受这点心，都不客气地取食。我也无功受禄地天天吃多量的枇杷与软糕，这又是乐事。

七娘娘做丝休息的时候，捧了水烟筒，伸出她左手上的短少半段的小指给我看，对我说：做丝的时候，丝车后面，是万万不可走近去的。她的小指，便是小时候不留心被丝车轴棒轧脱的。她又说："小囡囡不可走近丝车后面去，只管坐在我身旁，吃枇杷，吃软糕。还有做丝做出来的蚕蛹，叫妈妈油炒一炒，真好吃哩！"然而我始终不要吃蚕蛹，大概是我爸爸和诸姐都不要吃的原故。我所乐的，只是那时候家里的非常的空气。日常固定不动的堂窗、长台、八仙椅子，都收拾去，而变成不常见的丝车、匾、缸。又不断地公然地可以吃小食。

丝做好后，蒋五伯口中唱着"要吃枇杷，来年蚕罢"，收拾丝车，恢复一切陈设。我感到一种兴尽的寂寥。然而对于这种变换，倒也觉得新奇而有趣。

现在我回忆这儿时的事，常常使我神往！祖母、蒋五伯、七娘娘和诸姐都像童话里、戏剧里的人物了。且在我看来，他们当时这剧的主人公便是我。何等甜美的回忆！只是这剧的题材，现在我仔细想想觉得不好：养蚕做丝，在生计上原是幸福的，然其本身是数万的生灵的杀虐！《西青散记》里面有两句仙人的诗句："自织藕丝衫子嫩，可怜辛苦赦春蚕。"安得人间也发明织藕丝的丝车，而尽赦天下的春蚕的性命！

我七岁上祖母死了[1]，我家不复养蚕。不久父亲与诸姐弟相继死亡，家道衰落了，我的幸福的儿时也过去了。因此这回忆一面使我永远神往，一面又使我永远忏悔。

## 二

第二件不能忘却的事，是父亲的中秋赏月，而赏月之乐的中心，在于吃蟹。

我的父亲中了举人之后，科举就废，他无事在家，每天吃酒，看书。他不要吃羊、牛、猪肉，而喜欢吃鱼、虾之类。而对蟹，尤其喜欢。自七八月起直到冬天，父亲平日的晚酌规定吃一只蟹，一碗隔壁豆腐店里买来的开锅热豆腐干。他的晚酌，时间总在黄昏。八仙桌上一盏洋油灯，一把紫砂酒壶，一只盛热豆腐干的碎瓷盖碗，一把水烟筒，一本书，桌子角上一只端坐的老猫，我脑中这印象非常深刻，到现在还可以清楚地浮现出来。我在旁边看，有时他给我一只蟹脚或半块豆腐干。然我喜欢蟹脚。蟹的味道真好，我们五个姊妹兄弟，都喜欢吃，也是为了父亲喜欢吃的原故。只有母亲与我们相反，喜欢吃肉，而不喜欢又不会吃蟹，吃的时候常常被蟹螯上的刺刺开手指，出血；而且抉剔得很不干净，父亲常常说她是外行。父亲说：吃蟹是风雅的事，吃法也要内行才懂得。先折蟹脚，后开蟹

---

1　作者祖母卒于 1902 年 5 月，当时作者 5 岁。

斗……脚上的拳头（即关节）里的肉怎样可以吃干净，脐里的肉怎样可以剔出……脚爪可以当作剔肉的针……蟹螯上的骨头可以拼成一只很好看的蝴蝶……父亲吃蟹真是内行，吃得非常干净。所以陈妈妈说："老爷吃下来的蟹壳，真是蟹壳。"

蟹的储藏所，就在天井角落里的缸里，经常总养着十来只。到了七夕、七月半、中秋、重阳等节候上，缸里的蟹就满了，那时我们都有得吃，而且每人得吃一大只，或一只半。尤其是中秋一天，兴致更浓。在深黄昏，移桌子到隔壁的白场（即场地，是作者家乡方言）上的月光下面去吃。更深人静，明月底下只有我们一家的人，恰好围成一桌，此外只有一个供差使的红英坐在旁边。大家谈笑，看月亮，他们（父亲和诸姐）直到月落时光，我则半途睡去，与父亲和诸姐不分而散。

这原是为了父亲嗜蟹，以吃蟹为中心而举行的。故这种夜宴，不仅限于中秋，有蟹的节季里的月夜，无端也要举行数次。不过不是良辰佳节，我们少吃一点，有时两人分吃一只，我们都学父亲，剥得很精细，剥出来的肉不是立刻吃的，都积受在蟹斗里，剥完之后，放一点姜醋，拌一拌，就作为下饭的菜，此外没有别的菜了。因为父亲吃菜是很省的，而且他说蟹是至味，吃蟹时混吃别的菜肴，是乏味的。我们也学他，半蟹斗的蟹肉，过两碗饭还有余，就可得父亲的称赞，又可以白口吃下余多的蟹肉，所以大家都勉励节省。现在回想那时候，半条蟹腿肉要过两大口饭，这滋味真好！自父亲死了以后，我不曾再尝这种好滋味。现在，我已经自己做父亲，况且已经茹素，当然永远不会再尝这滋味了。唉！儿时欢乐，何等使我神往！

然而这一剧的题材，仍是生灵的杀虐！因此这回忆一面使我永远神往，一面又使我永远忏悔。

## 三

第三件不能忘却的事，是与隔壁豆腐店里的王囡囡的交游，而这交游的中心，在于钓鱼。

那是我十二三岁时的事。隔壁豆腐店里的王囡囡是当时我的小伴侣中的大阿哥。他是独子，他的母亲、祖母和大伯，都很疼爱他，给他很多的钱和玩具，而且每天放任他在外游玩。他家与我家贴邻而居。我家的人们每天赴市，必须经过他家的豆腐店的门口，两家的人们朝夕相见，互相来往。小孩们也朝夕相见，互相来往。此外他家对于我家似乎还有一种邻人以上的深切的交谊，故他家的人对于我特别要好，他的祖母常常拿自产的豆腐干、豆腐衣等来送给我父亲下酒。同时在小伴侣中，王囡囡也特别和我要好。他的年纪比我大，气力比我好，生活比我丰富，我们一淘游玩的时候，他时时引导我，照顾我，犹似长兄对于幼弟。我们有时就在我家的染坊店里的榻上玩耍，有时相偕出游。他的祖母每次看见我俩一同玩耍，必叮嘱囡囡好好看待我，勿要相骂。我听人说，他家似乎曾经患难，而我父亲曾经帮他们忙，所以他家大人们吩咐王囡囡照应我。

我起初不会钓鱼，是王囡囡教我的。他叫他大伯买两副钓竿，一副送我，一副他自己用。他到米桶里去捉许多米虫，浸在盛水的罐头里，领了我到木场桥头去钓鱼。他教给我看，先捉起一个米虫来，把钓钩由虫尾穿进，直穿到头部。然后放下水去。他又说："浮珠一动，你要立刻拉，那么钩子钩住鱼的颚，鱼就逃不脱。"我照他所教的试验，果然第一天钓了十几头白条，然而都是他帮我拉钓竿的。

第二天，他手里拿了半罐头扑杀的苍蝇，又来约我去钓鱼。途中他对我说："不一定是米虫，用苍蝇钓鱼更好。鱼喜欢吃苍蝇！"这一天我们钓了一小桶各种的鱼。回家的时候，他把鱼桶送到我家里，说他不要。我母亲就叫红英去煎一煎，给我下晚饭。

自此以后，我只管欢喜钓鱼。不一定要王囡囡陪去，自己一人也去钓，又学得了掘蚯蚓来钓鱼的方法。而且钓来的鱼，不仅够自己下晚饭，还可送给店里的人吃，或给猫吃。我记得这时候我的热心钓鱼，不仅出于游戏欲，又有几分功利的兴味在内。有三四个夏季，我热心于钓鱼，给母亲省了不少的菜蔬钱。

后来我长大了，赴他乡入学，不复有钓鱼的工夫。但在书中常常读到赞咏钓鱼的文句，例如什么"独钓寒江雪"，什么"渔樵度此身"，才知道钓鱼原来是很风雅的事。后来又晓得有所谓"游钓之地"的美名称，是形容人的故乡的。我大受其煽惑，为之大发牢骚：我想"钓鱼确是雅的，我的故乡，确是我的游钓之地，确是可怀的故乡"。但是现在想想，不幸而这题材也是生灵的杀虐！

我的黄金时代很短，可怀念的又只有这三件事。不幸而都是杀生取乐，都使我永远忏悔。

# 我的少年时代

我的少年时代的回忆中，印象最鲜明的，是剪辫子事件。民国光复之初，我正在高等小学读书。一位已剪辫子的先生在上课时对我们说："我们汉人本来没有辫子。二百余年前，满人夺了我们的土地，强迫我们养辫子，不听号令者死罪。我们屈服了二百多年。如今大汉光复，我们倘再保留这条辫子，无异甘心为人奴隶。大家赶快剪去！"我们一班同学少年听了这番话，个个感应。没有几天，大家脑后拖着半尺多长的头发，戴着鸭舌头帽子，活像现今戏班子里的花旦下台时的模样了。有不少人的家庭中，老人们拘于世代的旧习，反对剪辫，闹起小小的家庭问题来。我的母亲也反对我，当她发现我的脑后少了一条辫子的时候，把我骂了一顿，自己又哭了一场，然后把剪下来的辫子套在红封筒内，拿去珍藏了。第二天我到学校，连忙把这场家庭风波告诉同学少年，邀他们的同情。有的安慰我说："老年人大都讲不通，他们是不读书之故。我们读过历史，明知满洲人压迫我们已经二百多年。现在大汉光复，剪去这条辫子是应该的。你怕什么呢？"有的人代我想法："你可告诉你母亲：辫子好比是一个尾巴。养辫子赛过是生尾巴，做畜生。这是满洲人侮辱我们的办法。这样对你母亲辩解,她一定不会再骂你了。"还有人鼓励我:"即使不做畜生,辫子总是无益有害而且难看的东西。试想一个人,为什么后面要挂这条累赘的东西?这完全是满洲人的野蛮的办法!现在我们革命成功,一切有害的事都要除去。我们从剪辫子开始,将来逐渐革除一切有害的事,提倡一切有益的事,国家自会强盛起来。那时西洋人和日本人就会知道:以前我国外交屡次失败,不是我国人民懦弱之故,全是满洲人政治不良之故。如今汉人自己管了,四万万人齐心协力,东西洋那些小国哪里还敢欺负我们?"以后接着说话的人就离开了辫子问题:"满洲人是专制的,尊重皇帝而看轻百姓,谁肯为他们出力呢?现在我们收了回来,改成共和国,四万万人一律平等,为国家出力就是为自己出力,将来的中国岂有不强之理?今年是民国元年,大家已经这般高兴。再过十年廿年,到了我们长大的时候,中国一定非常强盛,人民一定还要高兴。那时我们汉人真光荣呢!""岂但光荣而已,我们还要收回屡屡的损失呢。《马关条约》《南京条约》《北京条约》《天津条约》……许多地盘,许多赔款,都是满洲人给我们败了的。将来我们要统统收回来,造成一个完全无缺的'大中华共和国'!"讲到这里,我们几个同学少年大家慷慨激昂,个个以民族英雄自许了。我早把母亲的哭骂忘却,跟着住校的同学走进房间里,借他的木梳来梳掠我那半尺多长的短发。一梳一梳地梳出来的,似乎全是快乐、幸福,和光荣的希望。

这是二十五年前的旧事了。现在回忆,还可使我眉飞色舞。

几位同学少年大都无恙,虽无"五陵裘马自轻肥"之辈,但大家都努力为社会国家服务,果然不失为大中华共和国的好百姓。只是我每天早晨梳掠我的斑白的短发,再也梳不出当时那种快乐、幸福,和光荣的希望来了。这些希望似乎并不消灭,但被一种东西包住了,暂时失落在某处,将来一定有重新发现的一日。

1937年4月8日

# 新年怀旧

我似觉有二十多年不逢着"新年"了。因为近二十多年来,我所逢着的新年,大都不像"新年"。每逢年底,我未尝不热心地盼待"新年"的来到;但到了新年,往往大失所望,觉得这不是我所盼待的"新年"。我所盼待的"新年"似乎另外存在着,将来总有一天会来到的。再过半个月,新年又将来临。料想它又是不像"新年"的,也无心盼待了。且回想过去吧。

我所认为像"新年"的新年,只有二十多年前,我幼时所逢到的几个"新年"。近二十多年来,我每逢新年,全靠对它们的回忆,在心中勉强造出些"新年"似的情趣来,聊以自慰。回忆的力一年一年地薄弱起来。现在若不记录一些,恐怕将来的新年,连这点聊以自慰的空欢也没有了。

当阳历还被看作"洋历",阴历独裁地支配着时间的时代,新年真是一个极盛大的欢乐时节!一切空气温暖而和平,一切人公然地嬉戏。没有一个人不穿新衣服,没有一个人不是新剃头。尤其是我,正当童年时代,不知众苦,但有一切乐。我的新年的欢乐,始于新年的 eve(前夕)。

大年夜的夜饭,我故意不吃饱。留些肚皮,用以享受夜间游乐中的小食，半夜里的暖锅，和后半夜的接灶圆子。吃过夜饭，店里的柜台上就点着一对红蜡烛，一只风灯。红蜡烛是岁烛，风灯是供给往来的收账人看账目用的。从黄昏起，直至黎明，街上携着灯笼收账的人络续不绝。来我们店里收账的人，最初上门来，约在黄昏时，谈了些寒暄，把账簿展开来看一看，大约有多少，假如看见管账先生不拿出钱来，他们会很客气地说一声"等一会儿再算"，就告辞。第二次来，约在半夜时。这会拿过算盘来，确实地决算一下，打了一个折扣，再在算盘上摸脱了零头，得到一个该付的实数。倘我们的管账先生因为自己的店账没有收齐，回报他们说，"再等一会儿付款"，收账的人也会很客气地满口答允，提了灯笼又去了。第三次来时，约在后半夜。有的收清账款，有的反而把旧欠放弃不收，说道"带点老亲"。于是大家说着"开年会"，很客气地相别。我们的收账员，也提了灯笼，向别家去演同样的把戏，直到后半夜或黎明方才收清。这在我这样的孩子们看来，真是一年一度的难得的热闹。平日天一黑就关门。这一天通夜开放，灯火满街。我们但见一班灯笼进，一班灯笼出，店堂里充满着笑语和客气话。心中着实希望着账款不要立刻付清，因此延长一点夜的闹热。在前半夜，我常常跟了我们店里的收账员，向各店收账。每次不过是看一看数目，难得收到钱。但遍访各店，在我是一种趣味。他们有的在那里请年菩萨，有的在那里准备过新年。还有的已经把年夜当作新年，在那里掷骰子，欢呼声充满了店堂的里面。有的认识我是小老板，还要拿本店的本产货的食物送给我吃，表示亲善。我吃饱了东西回到家里，里面别是一番热闹：堂前点着岁烛和保险灯。灶间里拥着大批人看放谷花。放的人一手把糯米谷撒进镬子里去，一手拿着一把稻草不绝地在镬子底上撩动。那些糯米谷得了热气，起初"拍，拍"地爆响，后来米脱出了谷皮，渐渐膨胀起来，终于放得像朵朵梅花一样。这些梅花在环视者的欢呼声中出了镬子，就被拿到厅上的桌子上去挑选。保险灯光下的八仙桌，中央堆了一大堆谷花，四周围着张开笑口的男女老幼许多人。你一堆，我一堆，大家竞把秕糠剔去，拣出纯白的谷花来，放在一只竹篮里，预备新年里泡糖茶请客人吃。我也参加在这人丛中；但我的任务不是拣而是吃。那白而肥的谷花，又香又燥，比炒米更松，比蛋片更脆，又是一年中难得尝到的异味。等到拣好了谷花，端出暖锅来吃半夜饭的时候，我的肚子已经装饱，只为着吃后的"毛草纸揩嘴"的兴味，勉强凑在桌上。所谓"毛草纸揩嘴"，是每年年夜例行的一种习惯。吃过年夜饭，家里的母亲乘孩子们不备拿出预先准备着的老毛草纸向孩子们口上揩抹。其意思是把嘴当作屁眼，这一年里即使有不吉利的话出口，也等于放屁，不会影响事实。但孩子们何尝懂得这番苦心？我们只是对于这种恶戏发生兴味，便模仿母亲，到茅厕间里去拿张草纸来，公然地向同辈，甚至长辈的嘴上去乱擦。被擦者决不忿怒，只是掩口而笑，或者笑着逃走。于是我们擎起草纸，向后面追赶。不期正在追赶的时候，自己的嘴却被第三者用草纸揩过了。于是满堂哄起热闹的笑声。

夜半过后在时序上已经是新年了；但在习惯上，这五六个小时还算是旧年。我们于后半夜结伴出门，各种商店统统开着，街上行人不绝，收账的还是提着灯笼幢幢来往。但在一方面，烧头香的善男信女，已经携着香烛向寺庙巡礼了。我们跟着收账的，跟着烧香的，向全镇乱跑。直到肚子跑饿，天将向晓，然后回到家里来吃了接灶圆子，怀着了明朝的大欢乐的希望而酣然就睡。

元旦日，起身大家迟。吃过谷花糖茶，白日的乐事，是带了去年底预先积存着的零用钱、压岁钱，和客人们给的糕饼钱，约伴到街上去吃烧卖。我上街的本意不在吃烧卖，却在花纸儿和玩具上。我记得，似乎每年有几张新鲜的花纸儿给我到手。拿回家来摊在八仙桌上，引得老幼人人笑口皆开。晏晏地吃过了隔年烧好的菜和饭，下午的兴事是敲年锣鼓。镇上备有锣鼓的人家不很多；但是各坊都有一二处。我家也有一副，是我的欢喜及时行乐的祖母所置备的。平日深藏在后楼，每逢新年，拿到店堂里来供人演奏。元旦的下午，大街小巷，鼓乐之声遥遥相应。现在回想，这种鼓乐最宜用为太平盛世的点缀。丝竹管弦之音固然幽雅，但其性质宜于少数人的清赏，非大众的。最富有大众性的乐器，莫如打乐（打击乐器）。俗语云："锣鼓响，脚底痒。"因为这是最富有对大众的号召力的乐器。打乐之中，除大锣鼓外，还有小锣、班鼓、檀板、大铙钹、小铙钹等，都是不能演奏旋律的乐器。因此奏法也很简单，只是同样的节奏的反复，不过在轻重缓急之中加以变化而已。像我，十来岁的孩子，略略受人指导也能自由地参加新年的鼓乐演奏。一切音乐学习，无如这种打乐之容易速成者。这大概也是完成其大众性的一种条件吧。这种浩荡的音节，都是暗示昂奋的、华丽的、盛大的。在近处听这种音节时，听者的心会忙着和它共鸣，无暇顾到他事。好静的人所以讨厌打乐，也是为此。从远处听这种音节，似觉远方举行着热闹的盛会，不由你的心不向往。好群的人所以要脚底痒者，也正是为此。试想：我们一个数百户的小镇同时响出好几处的浩荡的鼓乐来，云中的仙人听到了，也不得不羡慕我们这班盛世黎民的欢乐呢。

新年的晚上，我们又可从花炮享受种种的眼福。最好看的是放万花筒。这往往是大人们发起而孩子们热烈赞成的。大人们一到新年，似乎袋里有的都是闲钱。逸兴到时，斥两百文购大万花筒三个，摆在河岸一齐放将起来。河水反照着，映成六株开满银花的火树，这般光景真像美丽的梦境。东岸上放万花筒，西岸上的豪侠少年岂肯袖手旁观呢？势必响应在对岸上也放起一套来。继续起来的就变花样。或者高高地放几十个流星到天空中，更引起远处的响应；或者放无数雪炮，隔河作战。闪光满目，欢呼之声盈耳，火药的香气弥漫在夜天的空气中。当这时候，全镇的男女老幼，大家一致兴奋地追求欢乐，似乎他们都是以游戏为职业的。独有爆竹业的人，工作特别多忙。一新年中，全镇上此项消费为数不小呢：送灶过年、接灶、接财神、安灶……每次斋神，每家总要放四个斤炮，数百鞭炮。此外万花筒、流星、雪炮等观赏的消耗，更无限制。我的邻家是业爆竹的。我幼时对于爆竹店，比其余一切地方都亲近。自年关附近至新年完了，差不多每天要访问爆竹店一次。这原是孩子们的通好，不过我特别热心。我曾把鞭炮拆散来，改制成无数的小万花筒，其法将底下的泥挖出，将头上的引火线拔下来插入泥孔中，倒置在水槽边上燃放起来，宛如新年夜河岸上的光景。虽然简陋，但神游其中，不妨想象得比河岸上的光景更加壮丽。这种火的游戏只限于新年内举行，平日是不被许可的。因此火药气与新年，在我的感觉上有不可分离的联关。到现在，偶尔闻到火药气时，我还能立刻联想到新年及儿时的欢乐呢。

二十多年来，我或为负笈，或为糊口，频频离开故乡。上述的种种新年的点缀，在这二十多年间无形无迹地渐渐消灭起来。等到最近数年前我重归故乡息足的时候，万事皆非昔比，新年已不像"新年"了。第一，经济衰落与农村破产凋敝了全镇的商业。使商店难于立足，不敢放账，年夜里早已没有携了灯笼幢幢往来收账的必要了。第二，阴历与阳历的并存扰乱了新年的定标，模糊了新年的存在。阳历新年多数人没有娱乐的勇气，阴历新年又失了娱乐的正当性，于是索性废止娱乐。我们可说每年得逢两度新年，但也可说一度也没有逢，似乎新年也被废止了。第三，多数的人生活局促，衣食且不给，遑论新年与娱乐？故现在的除夜，大家早早关门睡觉，几与平日无异。现在的新年，难得再闻鼓乐之声。现在的爆竹店，只卖几个迷信的实用上所不可缺的鞭炮，早已失去了娱乐品商店的性质。况且战乱频仍，这种迷信的实用有时也被禁，爆竹商的存在亦已岌岌乎了。

我们的新年，因了阴阳历的并存而不明确，复因了民生的疾苦而无生气，实在是我们的生活趣味上的一大缺憾！我不希望开倒车回复二十多年前的儿时，但希望每年有个像"新年"的新年，以调剂一年来工作的辛苦，恢复一年来工作的疲劳。我想这像"新年"的新年一定存在着，将来总有一天会来到的。

1935 年 12 月 13 日

# 两个"？"

我从幼小时候就隐约地看见两个"？"。但我到了三十岁上方才明确地看见它们，现在我把看见的情况写些出来。

第一个"？"叫作"空间"。我孩提时跟着我的父母住在故乡石门湾的一间老屋里，以为老屋是一个独立的天地。老屋的壁的外面是什么东西，我全不想起。有一天，邻家的孩子从壁缝间塞进一根鸡毛来，我吓了一跳；同时，悟到了屋的构造，知道屋的外面还有屋，空间的观念渐渐明白了。我稍长，店里的伙计抱了我步行到离家二十里的石门[1]城里的姑母家去，我在路上看见屋宇毗连，想象这些屋与屋之间都有壁，壁间都可塞过鸡毛。经过了很长的桑地和田野之后，进城来又是毗连的屋宇，地方似乎是没有穷尽的。从前我把老屋的壁当作天地的尽头，现在知道不然。我指着城外问大人们："再过去还有地方吗？"大人们回答我说："有嘉兴、苏州、上海；有高山，有大海，还有外国。你大起来都可去玩。"一个粗大的"？"隐约地

---

[1] 石门原名崇德县，一度改为石门县。1958 年并入桐乡县，改名崇福镇。后来桐乡改为县级市，石门镇和崇福镇归属桐乡市。

出现在我的眼前。回家以后,早晨醒来,躺在床上驰想:床的里面是帐,除去了帐是壁,除去了壁是邻家的屋,除去了邻家的屋又是屋,除完了屋是空地,空地完了又是城市的屋,或者是山是海,除去了山,渡过了海,一定还有地方……空间到什么地方为止呢?我把这疑问质问大姐。大姐回答我说:"到天边上为止。"她说天像一只极大的碗覆在地面上。天边上是地的尽头,这话我当时还听得懂;但天边的外面又是什么地方呢?大姐说:"不可知了。"很大的"?"又出现在我的眼前,但须臾就隐去。我且吃我的糖果,玩我的游戏吧。

我进了小学校,先生教给我地球的知识。从前的疑问到这时候豁地解决了。原来地是一个球。那么,我躺在床上一直向里床方面驰想过去,结果是绕了地球一匝而仍旧回到我的床前。这是何等新奇而痛快的解决!我回家来欣然地把这新闻告诉大姐,大姐说:"球的外面是什么呢?"我说:"是空。""空到什么地方为止呢?"我茫然了。我再到学校去问先生,先生说:"不可知了。"很大的"?"又出现在我的眼前,但也不久就隐去。我且读我的英文,做我的算术吧。

我进师范学校,先生教我天文。我怀着热烈的兴味而听讲,希望对小学时代的疑问,再得一个新奇而痛快的解决。但终于失望。先生说:"天文书上所说的只是人力所能发现的星球。"又说:"宇宙是无穷大的。"无穷大的状态,我不能想象。我仍是常常驰想:这回我不再躺在床上向横方驰想,而是仰首向天上驰想:向这苍苍者中一直上去,有没有止境?有的么,其处的状态如何?没有的么,使我不能想象。我眼前的"?"比前愈加粗大,愈加迫近,夜深人静的时候,我屡屡为了它而失眠。我心中愤慨地想:我身所处的空间的状态都不明白,我不能安心做人!世人对于这个切身而重大的问题,为什么都不说起?以后我遇见人,就向他们提出这疑问。他们或者说不可知,或一笑置之,而谈别的世事了。我愤慨地反抗:"朋友,这个问题比你所谈的世事重大得多、切身得多!你为什么不理?"听到这话的人都笑了。他们的笑声中似乎在说:"你有神经病了。"我不好再问,只得让那粗大的"?"照旧挂在我的眼前。

第二个"?"叫作"时间"。我孩提时关于时间只有昼夜的观念。月、季、年、世等观念是没有的。我只知道天一明一暗,人一起一睡,叫作一天。我的生活全部沉浸在"时间"的急流中,跟了它流下去,没有抬起头来望望这急流的前后的光景的能力。有一次新年里,大人们问我几岁,我说六岁。母亲教我:"你还说六岁?今年你是七岁了,已经过了年了。"我记得这样的事以前似曾有过一次。母亲教我说六岁时也是这样教的。但相隔久远,记忆模糊不清。我方才知道这样时间的间隔叫作一年,人活过一年增加一岁。那时我正在父亲的私塾里读完《千字文》,有一晚,我到我们的染坊店里去玩,看见账桌上放着一册账簿,簿面上写着"菜字元集"这四字。我问管账先生,这是什么意思?他回答我说:"这是用你所读的《千字文》上的字来记年代的。这店是在你们祖父手里开张的。开张的那一年所用的第一册账簿,叫作'天字元集',第二年的叫作'地字元集',天地玄黄,宇宙洪荒……每年用一个字。用到今年正是'菜重芥姜'的'菜'字。"因为这事与我所读的书有关联,我听了很有兴味。他笑着摸摸他的白胡须,继续说道:"明年'重'字,后年'芥'字,我们一直开下去,开到'焉哉乎也'的'也'字,大家发财!"我口快地接着说:"那时你已经死了!我也死了!"他用手掩住我的口道:"话勿得!话勿得!大家长生不老!大家发财!"我被他弄得莫名其妙,不敢再说下去了。但从这时候起,我不复全身沉浸在"时间"的急流中跟它漂流。我开始在这急流中抬起头来,回顾后面,眺望前面,想看看"时间"这东西的状态。我想,我们这店即使依照《千字文》开了一千年,但"天"字以前和"也"字以后,一定还有年代。那么,时间从何时开始、何时了结呢?又是一个粗大的"?"隐约地出现在我的眼前。我问父亲:"祖父的父亲是谁?"父亲道:"曾祖。""曾祖的父亲是谁?""高祖。""高祖的父亲是谁?"父亲看见我有些像孟尝君,笑着抚我的头,说:"你要知道他做什么?人都有父亲,不过年代太远的祖宗,我们不能一一知道他的人了。"我不敢再问,但在心中思维"人都有父亲"这句话,觉得与空间的"无穷大"同样不可想象。很大的"?"又出现在我的眼前。

我入小学校,历史先生教我盘古氏开天辟地的事。我心中想:天地没有开辟的时候状态如何?盘古氏的父亲是谁?他的父亲的父亲的父亲……又是谁?同学中没有一个提出这样的疑问,我也不敢质问先生。我入师范学校,才知道盘古氏开天辟地是一种靠不住的神话。又知道西洋有达尔文的"进化论",人类的远祖就是做戏法的人所畜的猴子,而且猴子还有它的远祖。从我们向过去逐步追溯上去,可一直追溯到生物的起源、地球的诞生、太阳的诞生、宇宙的诞生。再从我们向未来推想下去，可一直推想到人类的末日、生物的绝种、地球的毁坏、太阳的冷却、宇宙的寂灭。但宇宙诞生以前，和寂灭以后，"时间"这东西难道没有了吗？"没有时间"的状态，比"无穷大"的状态愈加使我不能想象。而时间的性状实比空间的性状愈加难于认识。我在自己的呼吸中窥探时间的流动痕迹，一个个的呼吸鱼贯地翻进"过去"的深渊中，无论如何不可挽留。我害怕起来，屏住了呼吸，但自鸣钟仍在"的格，的格"地告诉我时间的经过。一个个的"的格"鱼贯地翻进过去的深渊中，仍是无论如何不可挽留的。时间究竟怎样开始？将怎样告终？我眼前的"？"比前愈加粗大，愈加迫近了。夜深人静的时候，我屡屡为它失眠，我心中愤慨地想：我的生命是跟了时间走的。"时间"的状态都不明白，我不能安心做人！世人对于这个切身而重大的问题，为什么都不说起？以后我遇见人，就向他们提出这个问题。他们或者说不可知，或者一笑置之，而谈别的世事了。我愤慨地反抗："朋友！我这个问题比你所谈的世事重大得多、切身得多！你为什么不理？"听到这话的人都笑了。他们的笑声中似乎在说："你有神经病了！"我不再问，只能让那粗大的"？"照旧挂在我的眼前，直到它引导我入佛教的时候。

1933年2月24日

# 梦痕

我的左额上有一条同眉毛一般长短的疤。这是我儿时游戏中在门槛上跌破了头颅而结成的。相面先生说这是破相，这是缺陷。但我自己美其名曰"梦痕"。因为这是我的梦一般的儿童时代所遗留下来的唯一的痕迹。由这痕迹可以探寻我的儿童时代的美丽的梦。

我四五岁时，有一天，我家为了"打送"（吾乡风俗，亲戚家的孩子第一次上门来做客，辞去时，主人家必做几盘包子送他，名曰"打送"）某家的小客人，母亲、姑母、婶母和诸姐们都在做米粉包子。厅屋的中间放一只大匾，匾的中央放一只大盘，盘内盛着一大堆黏土一般的米粉，和一大碗做馅用的甜甜的豆沙。母亲们大家围坐在大匾的四周。各人卷起衣袖，向盘内摘取一块米粉来，捏做一只碗的形状；夹取一筷豆沙来藏在这碗内；然后把碗口收拢来，做成一个圆子。再用手法把圆子捏成三角形，扭出三条绞丝花纹的脊梁来；最后在脊梁凑合的中心点上打一个红色的"寿"字印子，包子便做成。一圈一圈地陈列在大匾内，样子很是好看。大家一边做，一边兴高采烈地说笑。有时说谁的做得太小，谁的做得太大；有时盛称姑母的做得太玲珑，有时笑指母亲的做得像个㳽饼。笑语之声，充满一堂。这是年中难得的全家欢笑的日子。而在我，做孩子们的，在这种日子更有无上的欢乐；在准备做包子时，我得先吃一碗甜甜的豆沙。做的时候，我只要吵闹一下子，母亲们会另做一只小包子来给我当场就吃。新鲜的米粉和新鲜的豆沙，热热地做出来就吃，味道是好不过的。我往往吃一只不够，再吵闹一下子就得吃第二只。倘然吃第二只还不够，我可嚷着要替她们打寿字印子。这印子是不容易打的：蘸的水太多了，打出来一塌糊涂，看不出寿字；蘸的水太少了，打出来又不清楚；况且位置要摆得正，歪了就难看；打坏了又不能揩抹涂改。所以我嚷着要打印子，是母亲们所最怕的事。她们便会和我商量，把做圆子收口时摘下来的一小粒米粉给我，叫我"自己做来自己吃"。这正是我所盼望的主目的！开了这个例之后，各人做圆子收口时摘下来的米粉，就都得照例归我所有。再不够时还得要求向大盘中扭一把米粉来，自由捏造各种黏土手工：捏一个人，团拢了，改捏一个狗；再团拢了，再改捏一只水烟管……捏到手上的龌龊都混入其中，而雪白的米粉变成了灰色的时候，我再向她们要一朵豆沙来，裹成各种三不像的东西，吃下肚子里去。这一天因为我吵得特别厉害些，姑母做了两只小巧玲珑的包子给我吃，母亲又外加摘一团米粉给我玩。为求自由，我不在那场上吃弄，拿了到店堂里，和五哥哥一同玩弄。五哥哥者，后来我知道是我们店里的学徒，但在当时我只知道他是我儿时的最亲爱的伴侣。他的年纪比我长，智力比我高，胆量比我大，他常做出种种我所意想不到的玩意儿来，使得我惊奇。这一天我把包子和米粉拿出去同他共玩，他就寻出几个印泥菩萨的小形的红泥印子来，教我印米粉菩萨。

后来我们争执起来，他拿了他的米粉菩萨逃，我就拿了我的米粉菩萨追。追到排门旁边，我跌了一跤，额骨磕在排门槛上，磕了眼睛大小的一个洞，便昏迷不醒。等到知觉的时候，我已被抱在母亲手里，外科郎中蔡德本先生，正在用布条向我的头上重重叠叠地包裹。

自从我跌伤以后，五哥哥每天乘店里空闲的时候到楼上来省问我。来时必然偷偷地从衣袖里摸出些我所爱玩的东西来（例如关在自来火匣子里的几只叩头虫，洋皮纸人头，老菱壳做成的小脚，顺治铜钿磨成的小刀等）送给我玩，直到我额上结成这个疤。

讲起我额上的疤的来由，我的回想中印象最清楚的人物，莫如五哥哥。而五哥哥的种种可惊可喜的行状，与我的儿童时代的欢乐，也便跟了这回想而历历地浮出到眼前来。

他的行为的顽皮，我现在想起了还觉吃惊。但这种行为对于当时的我，有莫大的吸引力，使我时时刻刻追随他，自愿地做他的从者。他用手捉住一条大蜈蚣，摘去了它的有毒的钩爪，而藏在衣袖里，走到各处，随时拿出来吓人。我跟了他走，欣赏他的把戏。他有时偷偷地把这条蜈蚣放在别人的瓜皮帽子上，让它沿着那人的额骨爬下去，吓得那人直跳起来。有时怀着这条蜈蚣去登坑，等候邻席的登坑者正在拉粪的时候，把蜈蚣丢在他的裤子上，使得那人扭着裤子乱跳，累了满身的粪。又有时当众人面前他偷把这条蜈蚣放在自己的额上，假装被咬的样子而号啕大哭起来,使得满座的人惊惶失措,七手八脚地为他营救。正在危急存亡的时候,他伸起手来收拾了这条蜈蚣,忽然破涕为笑,一缕烟逃走了。后来这套戏法渐渐做穿,有的人警告他说,若是再拿出蜈蚣来,要打头颈拳[1]了。于是他换出别种花头来:他躲在门口,等候警告打头颈拳的人将走出门,突然大叫一声,倒身在门槛边的地上,乱滚乱撞,哭着嚷着,说是践踏了一条臂膀粗的大蛇,但蛇是已经攒进榻底下去了。走出门来的人被他这一吓,实在魂飞魄散;但见他的受难比他更深,也无可奈何他,只怪自己的运气不好。他看见一群人蹲在岸边钓鱼,便参加进去,和蹲着的人闲谈。同时偷偷地把其中相接近的两人的辫子梢头结住了,自己就走开,躲到远处去作壁上观。被结住的两人中若有一人起身欲去,滑稽剧就演出来给他看了。诸如此类的恶戏,不胜枚举。

　　现在回想他这种玩耍,实在近于为虐的戏谑。但当时他热心地创作,而热心地欣赏的孩子,也不止我一个。世间的严正的教育者,请稍稍原谅他的顽皮!我们的儿时,在私塾里偷偷地玩了一个折纸手工,是要遭先生用铜笔套管在额骨上猛钉几下,外加在至圣先师孔子之神位面前跪一炷香的!

　　况且我们的五哥哥也曾用他的智力和技术来发明种种富有趣味的玩意儿,我现在想起了还可以神往。暮春的时候,他领我到田野去偷新蚕豆。把嫩的生吃了,而用老的来做"蚕豆水龙"。其做法,用煤头纸[2]火把老蚕豆荚熏得半熟,剪去其下端,

---

[1] 作者家乡话,意即打耳光。
[2] 指卷成纸筒后用以引火的一种薄纸。

用手一捏，荚里的两粒豆就从下端滑出，再将荚的顶端稍稍剪去一点，使成一个小孔。然后把豆荚放在水里，待它装满了水，以一手的指捏住其下端而取出来，再以另一手的指用力压榨豆荚，一条细长的水带便从豆荚的顶端的小孔内射出。制法精巧的，射水可达一二丈之远。他又教我"豆梗笛"的做法：摘取豌豆的嫩梗长约寸许，以一端塞入口中轻轻咬嚼，吹时便发嗒嗒之音。再摘取蚕豆梗的下段，长约四五寸，用指爪在梗上均匀地开几个洞，作成笛的样子。然后把豌豆梗插入这笛的一端，用两手的指随意启闭各洞而吹奏起来，其音宛如无腔之短笛。他又教我用洋蜡烛的油做种种的浇造和塑造。用芋艿或番薯镌刻种种的印版，大类现今的木版画。……诸如此类的玩意，亦复不胜枚举。

　　现在我对这些儿时的乐事久已缘远了。但在说起我额上的疤的来由时，还能热烈地回忆神情活跃的五哥哥和这种兴致蓬勃的玩意儿。谁言我左额上的疤痕是缺陷？这是我的儿时欢乐的佐证，我的黄金时代的遗迹。过去的事，一切都同梦幻一般地消灭，没有痕迹留存了。只有这个疤，好像是"脊杖二十，刺配军州"时打在脸上的金印，永久地明显地录着过去的事实，一说起就可使我历历地回忆前尘。仿佛我是在儿童世界的本贯地方犯了罪，被刺配到这成人社会的"远恶军州"来的。这无期的流刑虽然使我永无还乡之望，但凭这脸上的金印，还可回溯往昔，追寻故乡的美丽的梦啊！

1934 年 6 月 7 日

# 私塾生活

我的学童时代,就是六十年前的时代。那时候,我国还没有学校,儿童上学进的是私塾。怎么叫作私塾呢?就是一个先生在自己家里开办一个学堂,让亲戚、朋友、邻居家的小孩子来上学。有的只有七八个学生,有的十几个,至多也不过二三十个,不能再多了。因为家里屋子有限,先生只有一人。先生大都是想考官还没有考取的人,或者一辈子考不取的老人。那时候要做官,必须去考。小考一年一次,大考三年一次。考不取的,就在家里开私塾、教学生。学生每逢过年,送几块银洋给先生,作为学费,称为"修敬"。每逢端午、中秋,也必须送些礼物给先生,例如鱼、肉、粽子、月饼之类。私塾没有星期天,也没有暑假,只有年假,放一个多月。倘先生有事,随时可以放假。

私塾里不讲时间,因为那时绝大多数人家没有自鸣钟。学生早上入学,中午"放饭学",下午再入学,傍晚"放夜学",这些时间都没有一定,全看先生的生活情况。先生起得迟的,学生早上不妨迟到。先生有了事情,晚上就早点"放夜学"。学生早上入学,先生大都尚未起身,学生挟了书包走进学堂,先双手捧了书包向堂前的孔夫子牌位拜三拜，然后坐在规定的座位里。倘先生已经起来了，坐在学堂里，那么学生拜过孔夫子之后，须得再向先生拜一拜，然后归座。座位并不是课桌，而是先生家里的普通桌子，或者是自己家里搬来的桌子。座位并不排成一列，零零星星地安排，就同普通人家的房间布置一样。课堂里没有黑板，实际上也用不到黑板。因为先生教书是一个一个教的。先生叫声"张三"，张三便拿了书走到先生的书桌旁边，站着听先生教。教毕，先生再叫"李四"，李四便也拿了书走过去受教……每天每人教多少时光、教多少书，没有一定，全看先生高兴。他高兴时，多教点；不高兴时，少教点。这些先生家里大都是穷的，有的全靠学生年终送的"修敬"过日子。因此，做教书先生，人们称为"坐冷板凳"，意思是说这种职业是很清苦的。因此先生家里柴米成问题的时候，先生就不高兴，教书也很懒。

还有，私塾先生大都是吸鸦片的。小朋友们，你们知道什么叫作鸦片？待我告诉你们。鸦片是一种烟，是躺在床上吸的。吸得久了，天天非吸几次不可，不吸就要打哈欠、流鼻涕、头晕眼花，同生病一样，这叫作"鸦片上瘾"。上了瘾的人很苦：又费钱，又费时间，又伤身体。那么你要问：他们为什么要吸呢？只因那时外国帝国主义欺侮我们中国人，贩进这种毒品来教大家吃，好让中国一天一天弱起来。那时清政府怕外国人，不爱人民，就让大家去吸，便害了许多人，而读书人受害的最多。因为吸了鸦片，精神一时很好，读得进书，但不吸就读不进，因此，不少读书人都上了当。

私塾没有课程表，但大都有个规定：早上"习字"，上午"背旧书"，下午"上新书"，放夜学之前"对课"。

私塾里读的书只有一种，是语文。像现在学校里的算术、图画、音乐、体操……那时一概没有。语文之外，只有两种小课，即"习字"和"对课"。而这两种小课都是和语文有关的，只算是语文中的一部分。而所谓"语文"，也并不是现在那种教科书，是一种古代的文言文章，那书名叫作《大学》《中庸》《论语》《孟子》……这种书都很难读，就是现在的青年人、壮年人，也不容易懂得，何况小朋友。但先生不管小朋友懂不懂，硬要他们读，而且必须读熟、能背。小朋友读的时候很苦，不懂得意思，照先生教的念，好比教不懂外国语的人说外国语。然而那时的小朋友苦得很，非硬记、硬读、硬背不可，因为背不出先生要用"戒尺"打手心，或者打后脑。戒尺就是一尺长的一条方木棍。

上午，先生起来了，捧了水烟管走进学堂里，学生便一齐大声念书，比小菜场里还要嘈杂。因为就要"背旧书"了，大家便临时"抱佛脚"。先生坐下来，叫声"张三"，张三就拿了书走到先生书桌面前，把书放在桌上，背转身子，一摇一摆地背诵昨天、前天和大前天读过的书。倘背错了，或者背不下去了，先生就用戒尺在他后脑上打一下，然后把书丢在地上。这个张三只得摸摸后脑，拾了书，回到座位里去再读，明天再背。于是，先生再叫"李四"……一个一个地来背旧书。背旧书时，多数人挨打，但是也有背不出而不挨打的，那是先生自己的儿子或者亲戚。背好旧书，一个上午差不多了，就放饭学，学生回家吃饭。

下午，先生倘是吸鸦片的，要三点多钟才进学堂来。"上新书"也是一个一个上的。上的办法：先生教你读两遍或三遍，即先生读一句，你顺一句。教过之后，要你自己当场读一遍给先生听。但那些书是很难读的，难字很多，先生完全不讲解意义，只是教你跟了他"唱"，所以唱过二三遍之后，自己也不一定读得出。越是读不出，后脑上挨打越多；后脑上打得越多，越是读不出。先生书桌前的地上，眼泪是经常不干的！因此有的学生上一天晚上请父亲或哥哥等先把明天的新书教会，免得挨打。

新书上完后，将近放学，先生把早上交来的习字簿用红笔加批，发给学生。批有两种：写得好的，圈一圈；写得不好的，直一直；写错的，打个叉。直的叫作"吃烂木头"，叉的叫作"吃洋钢叉"。有的学生，家长发零用钱，以习字簿为标准：一圈一个铜钱；一个烂木头抵消一个铜钱，一个洋钢叉抵消两个铜钱。

发完习字簿，最后一件事是"对课"。先生昨天在你的"课簿"上写两个或三个字，你拿回家去，对他两个或三个字，第二天早上交在先生桌上。此时先生逐一翻开来看，对得好的，圈一圈；对得不好的，他替你改一改。然后再出一个新课，让你拿回去对好了，明天来交卷。怎么叫对课呢？譬如先生出"红花"两字，你对"绿叶"；先生出"春风"，你对"秋雨"；先生出"明月夜"，你对"艳阳天"……对课要讲词性，要讲平仄（为什么叫作词性和平仄，说来话多，我暂时不讲了）。这算是私塾里最有兴味的一课。然而，对得太坏，也不免挨打。对过课之后，先生喊一声："去！"学生就打好书包，向孔夫子牌位拜三拜，再向先生拜一拜，一缕烟似的跑出学堂去了。这时候学生个个很开心，一路上手挽着手、跳跳蹦蹦、乱叫乱嚷、欢天喜地地回家去，犹如牢狱里释放的犯人一般。

今天讲得太多了。下次有机会再和小朋友谈旧话吧。

# 华瞻的日记

## 一

隔壁二十三号里的郑德菱,这人真好!今天妈妈抱我到门口,我看见她在水门汀上骑竹马。她对我一笑,我分明看出这一笑是叫我去一同骑竹马的意思。我立刻还她一笑,表示我极愿意,就从母亲怀里走下来,和她一同骑竹马了。两人同骑一枝竹马,我想转弯了,她也同意;我想走远一点,她也欢喜;她说让马儿吃点草,我也高兴;她说把马儿系在冬青上,我也觉得有理。我们真是同志和朋友!兴味正好的时候,妈妈出来拉住我的手,叫我去吃饭。我说:"不高兴。"妈妈说:"郑德菱也要去吃饭了!"果然郑德菱的哥哥叫着"德菱",也走出来拉住郑德菱的手去了。我只得跟了妈妈进去。当我们将走进各自的门口的时候,她回头向我一看,我也回头向她一看,各自进去,不见了。

我实在无心吃饭。我晓得她一定也无心吃饭。不然,何以分别的时候她不对我笑,而且脸上很不高兴呢?我同她在一块,真是说不出的有趣。吃饭何必急急?即使要吃,尽可在空的时候吃。其实照我想来，像我们这样的同志，天天在一块吃饭，在一块睡觉，多好呢？何必分作两家？即使要分作两家，反正爸爸同郑德菱的爸爸很要好，妈妈也同郑德菱的妈妈常常谈笑，尽可你们大人作一块，我们小孩子作一块，不更好吗？

这"家"的分配法，不知是谁定的，真是无理之极了。想来总是大人们弄出来的。大人们的无理，近来我常常感到，不止这一端：那一天爸爸同我到先施公司去，我看见地上放着许多小汽车、小脚踏车，这分明是我们小孩子用的；但是爸爸一定不肯给我拿一部回家，让它许多空摆在那里。回来的时候，我看见许多汽车停在路旁；我要坐，爸爸一定不给我坐，让它们空停在路旁。又有一次，娘姨抱我到街里去，一个掮着许多小花篮的老太婆，口中吹着笛子，手里拿着一只小花篮，向我看，把手中的花篮递给我；然而娘姨一定不要，急忙抱我走开去。这种小花篮，原是小孩子玩的，况且那老太婆明明表示愿意给我，娘姨何以一定叫我不要接呢？娘姨也无理，这大概是爸爸教她的。

我最欢喜郑德菱。她同我站在地上一样高，走路也一样快，心情志趣都完全投合。宝姐姐或郑德菱的哥哥，有些不近情的态度，我看他们不懂。大概是他们身体长大，稍近于大人，所以心情也稍像大人的无理了。宝姐姐常常要说我"痴"。我对爸爸说，要天不下雨，好让郑德菱出来，宝姐姐就用指点着我，说："瞻瞻痴！"怎么叫"痴"？你每天不来同我玩耍，夹了书包到学校里去，难道不是"痴"吗？爸爸整天坐在桌子前，在文章格子上一格一格地填字，难道不是"痴"吗？天下雨，不能出去玩，不是讨厌的吗？我要天不要下雨，正是近情合理的要求。我每天晚快边（傍晚）听见你要爸爸开电灯，爸爸给你开了，满房间就明亮；现在我也要爸爸叫天不下雨，爸爸给我做了，晴天岂不也爽快呢？你何以说我"痴"？郑德菱的哥哥虽然没有说我什么，然而我总讨厌他。我们玩耍的时候，他常常板起脸，来拉郑德菱，说："赤了脚到人家家里，不怕难为情！"又说："吃人家的面包，不怕难为情！"立刻拉了她去。"难为情"是大人们惯说的话，大人们常常不怕厌气，端坐在椅子里，点头，弯腰，说什么"请，请""对不起""难为情"一类的无聊的话，他们都有点像大人了！

啊！我很少知己！我很寂寞！母亲常常说我"会哭"，我哪得不哭呢？

## 二

今天我看见一种奇怪的现状：

吃过糖粥，妈妈抱我走到吃饭间里的时候，我看见爸爸身上披一块大白布，垂头丧气地朝外坐在椅子上，一个穿黑长衫的麻脸的陌生人，拿一把闪亮的小刀，竟在爸爸后头颈里用劲地割。啊哟！这是何等奇怪的现状！大人们的所为，真是越看越稀奇了！爸爸何以甘心被这麻脸的陌生人割呢？痛不痛呢？

更可怪的，妈妈抱我走到吃饭间里的时候，她明明也看见这爸爸被割的骇人的现状。然而她竟毫不介意，同没有看见一样。宝姐姐夹了书包从天井里走进来，我想她见了一定要哭，谁知她只叫一声"爸爸"，向那可怕的麻子一看，就全不经意地到房间里去挂书包了。前天爸爸自己把手指割开了，他不是大叫"妈妈"，立刻去拿棉花和纱布来吗？今天这可怕的麻子咬紧了牙齿割爸爸的头，何以妈妈和宝姐姐都不管呢？我真不解了。可恶的，是那麻子。他耳朵上还夹着一支香烟，同爸爸夹铅笔一样。他一定是没有铅笔的人，一定是坏人。

后来爸爸挺起眼睛叫我："华瞻，你也来剃头，好否？"

爸爸叫过之后，那麻子就抬起头来，向我一看，露出一颗闪亮的金牙齿来。我不懂爸爸的话是什么意思，我真怕极了。我忍不住抱住妈妈的项颈而哭了。这时候妈妈、爸爸和那个麻子说了许多话，我都听不清楚，又不懂，只听见"剃头""剃头"，不知是什么意思。我哭了，妈妈就抱我由天井里走出门外。走到门边的时候，我偷眼向里边一望，从窗缝窥见那麻子又咬紧牙齿，在割爸爸的耳朵了。

门外有学生在抛球，有兵在体操，有火车开过。妈妈叫我不要哭，叫我看火车。我悬念着门内的怪事，没心情去看风景，只我恨那麻子，这一定不是好人。我想对妈妈说，拿棒去打他。然而我终于不说。因为据我的经验，大人们的意见往往与我相左。他们往往不讲道理，硬要吃最不好吃的"药"，硬要我做最难当的"洗脸"，或坚不许我弄最有趣的水、最好看的火。今天的怪事，他们对之都漠然，意见一定又是与我相左的。我若提议去打，一定不被赞成。横竖拗不过他们，算了吧。我只有哭！最可怪的，平常同情于我的弄水弄火的宝姐姐，今天也跳出门来笑我，跟了妈妈说我"痴子"。我只有独自哭！有谁同情于我的哭呢？

到妈妈抱了我回来的时候,我才仰起头,预备再看一看,这怪事怎么样了?那可恶的麻子还在否?谁知一跨进墙门槛,就听见"啪,啪"的声音,走进吃饭间,我看见那麻子正用拳头打爸爸的背。"啪,啪"的声音,正是打的声音。可见他一定是用力打的,爸爸一定很痛。然而爸爸何以任他打呢?妈妈何以又不管呢?我又哭。妈妈急急地抱我到房间里,对娘姨讲些话,两人都笑起来,都对我讲了许多话。然而我还听见隔壁打人的"啪,啪"的声音,无心去听她们的话。

爸爸不是说过"打人是最不好的事"吗?那一天软软不肯给我香烟牌子,我打了她一掌,爸爸曾经骂我,说我不好;还有那一天我打碎了寒暑表,妈妈打了我一下屁股,爸爸立刻抱我,对妈妈说"打不行"。何以今天那麻子在打爸爸,大家不管呢?我继续哭,我在妈妈的怀里睡去了。

我醒来,看见爸爸坐在披雅娜(钢琴)旁边,似乎无伤,耳朵也没有割去,不过头很光白,像和尚了。我见了爸爸,立刻想起了睡前的怪事,然而他们(爸爸、妈妈等)仍是毫不介意,绝不谈起。我一回想,心中非常恐怖又疑惑。明明是爸爸被割项颈,割耳朵,又被用拳头打,大家却置之不问,任我一个人恐怖又疑惑。唉!有谁同情于我的恐怖?有谁为我解释这疑惑呢?

**1927 年初夏**

# 送考

今年的早秋，我送一群小学毕业生到杭州来投考中学。

这一群小学毕业生中，有我的女儿和我的亲戚、朋友家的女儿，送考的也还有好几个人，父母、亲戚或先生。我名为送考，其实没有什么重要责任，因此我颇有闲散心情，可以旁观他们的投考。

坐船出门的一天，乡间旱象已成。运河两岸，水车同体操队伍一般排列着，咿哑之声不绝于耳。村中农夫全体出席踏水，已种田而未全枯的当然要出席，已种田而已全枯的也要出席，根本没有种田的也要出席；有的车上，连妇人、老太婆和十二三岁的孩子也出席。这不是平常的灌溉，这是人与自然奋斗！我在船窗中听了这种声音，看了这种情景，不胜感动。但那班投考的孩子们对此如同不闻不见，只管埋头在《升学指导》《初中入学试题汇观》等书中。我喊他们：

"喂！抱佛脚没有用！看这许多人工作！这是百年来未曾见过的状态，大家看！"但他们的眼向两岸看了一看，就回到书上，依旧埋头在书中。后来却提出种种问题来考我：

"穿山甲欢喜吃什么东西？"

"耶稣生时当中国什么朝代？"

"无烟火药是用什么东西制成的？"

"挪威的海岸线长多少哩？"

我全被他们难倒了，一个问题都回答不出来。我装着内行的神气对他们说："这种题目不会考的！"他们都笑起来，伸出一根手指点着我，说："你考不出！你考不出！"我老羞并不成怒，笑着，倚在船窗上吸烟。后来听见他们里面有人在教我："穿山甲喜欢吃蚂蚁的！……"我管自看踏水，不去听他们的话；他们也管自埋头在书中不来睬我，直到舍船登陆。

乘进火车里，他们又拿出书来看；到了旅馆里，他们又拿出书来看。一直看到考的前晚。在旅馆里我们又遇到了另外几个朋友的儿女，大家同去投考。赴考这一天，我五点钟就被他们吵醒，也就起个早来送他们。许多童男童女，各人携了文具，带了一肚皮"穿山甲喜欢吃蚂蚁"之类的知识，坐黄包车去赴考。有几个十二三岁的女孩，愁容满面地上车，好像被押赴刑场似的，看了真有些可怜。

到了晚快边，许多孩子活泼地回来了。一进房间就凑作一堆讲话：哪个题目难，哪个题目易；你的答案不错，我的答案错，议论纷纷，沸反盈天。讲了半天，结果有的脸上表示满足，有的脸上表示失望。然而嘴上大家准备不取。男的孩子高声地叫："我横竖不取的！"女的孩子恨恨地说："我取了要死！"

他们每人投考的不止一个学校，有的考二校，有的考三校。

大概省立的学校是大家共同投考的。其次，市立的、公立的、私立的、教会的，则各人各选。然而大多数的投考者和送考者的观念中，都把杭州的学校这样地排列着高下等第。明知自己的知识不足，算术做不出；明知省立学校难考取，要十个里头取一个，但宁愿多出一块钱的报名费和一张照片，去碰碰运气看。万一考得取，可以爬得高些。省立学校的"省"字仿佛对他们发散着无限的香气。大家讲起了不胜欣羡。

从考毕到发表的几天之内，投考者之间的空气非常沉闷。有几个女生简直是寝食不安，茶饭无心。他们的胡思梦想在谈话之中反反复复地吐露出来，考得得意的人，有时好像很有把握，在那里探听省立学校的制服的形式了；但有时听见人说"十个人里头取一个，成绩好的不一定统统取"，就忽然心灰意懒，去讨别的学校的招生简章了。考得不得意的人嘴上虽说"取了要死"，但从他们屈指计算发表日期的态度上，可以窥知他们并不绝望。世间不乏侥幸的例，万一取了，他们便是"死而复生"，岂不更加欢喜？然而有时他们忽然觉得这太近于梦想，问过了"发表还有几天"之后，立刻接一句"不关我的事"。

我除了早晚听他们纷纷议论之外，白天统在外面跑，或者访友，或者觅画。省立学校录取案发表的一天，奇巧轮到我同去看榜。我觉得看榜这一刻工夫心情太紧张了，不教他们亲自去看。同时我也不愿意代他们去看，便想出一个调剂紧张的方法来：我和一班学生坐在学校附近一所茶店里，教他们的先生一个人去看，看了回到茶店里来报告。然而这方法缓和得有限。在先生去了约一刻钟之后，大家眼巴巴地望他回来。有的人伸长了脖子向他的去处张望,有的人跨出门槛去等他。等了好久,那去处就变成了十目所视的地方,凡有来人,必牵惹许多小眼睛的注意,其中穿夏布长衫的人尤加触目惊心,几乎可使他们立起身来。久待不来,那位先生竟无辜地成了他们的冤家对头。有的女学生背地里骂他"死掉了",有的男学生料他"被公共汽车碾死"。但他到底没有死,终于拖了一件夏布长衫,从那去处慢慢地踱回来了。"回来了,回来了",一声叫后,全体肃静,许多眼睛集中在他的嘴唇上,听候发落。这数秒间的空气的紧张,是我这支自来水笔所不能描写的啊!

谁取的,谁不取,——从先生的嘴唇上判决下来。他的每一句话好像一个霹雳,我几乎想包耳朵。受到这种霹雳的人有的脸色惨白了,有的脸色通红了,有的茫然若失了,有的手足无措了,有的哭了,但没有笑的人。结果是不取的一半,取的一半。我抽了一口大气,开始想法子来安慰哭的人。我胡乱造出些话来把学校骂了一顿,说它办得怎样不好,所以不取并不可惜。不期说过之后,哭的人果然笑了,而满足的人似乎有些怀疑了。我在心中暗笑,孩子们的心,原来是这么脆弱的啊!教他们吃这种霹雳,真是残酷!

以后在各校录取案发表的时候,我有意回避,不愿再尝那种紧张的滋味。但听说后来的缓和得多,一则因为那些学校被他们认为不好,取不取不足计较;二则小胆儿吓过几回,有些儿麻木了。不久,所有的学生都捞得了一个学校。于是找保人,缴学费,忙了几天。这时候在旅馆中所听到的谈话,都是"我们的学校长,我们的学校短"的一类话了。但这些"我们"之中，其亲切的程度有差别。大概考取省立学校的人所说的"我们"是亲切的，而且带些骄傲。考不取省立学校而只得进他们所认为不好的学校的人的"我们"，大概说得不亲切些。他们预备下年再去考省立学校。

旱灾比我们来时更进步了，归乡水路不通，下火车后须得步行三十里。考取了学校的人都鼓着勇气，跑回家去取行李，雇人挑了，星夜启程跑到火车站，乘车来杭入学。考取省立学校的人尤加起劲，跑路不嫌劳苦，置备入学的用品也不惜金钱。似乎能够考得进去，便有无穷的后望，可以一辈子荣华富贵，吃用不尽似的。

1934 年 9 月 10 日于西湖招贤寺

# 送阿宝出黄金时代

阿宝,我和你在世间相聚,至今已十四年了,在这五千多天内,我们差不多天天在一处,难得有分别的日子。我看着你呱呱坠地,嘤嘤学语,看你由吃奶改为吃饭,由匍匐学成跨步。你的变态微微地逐渐地展进,没有痕迹,使我全然不知不觉,以为你始终是我家的一个孩子,始终是我们这家庭里的一种点缀,始终可做我和你母亲的生活的慰安者。然而近年来,你态度行为的变化,渐渐证明其不然。你已在我们的不知不觉之间长成了一个少女,快将变为成人了。古人谓"父母之年不可不知也,一则以喜,一则以惧。"我现在反行了古人的话,在送你出黄金时代的时候,也觉得悲喜交集。

所喜者,近年来你的态度行为的变化,都是你将由孩子变成成人的表示。我的辛苦和你母亲的劬劳似乎有了成绩,私心庆慰。所悲者,你的黄金时代快要度尽,现实渐渐暴露,你将停止你的美丽的梦,而开始生活的奋斗了,我们仿佛丧失了一个从小依傍在身边的孩子,而另得了一个新交的知友。"乐莫乐兮新相知";然而旧日天真烂漫的阿宝,从此永远不得再见了!

记得去春有一天,我拉了你的手在路上走。落花的风把一阵柳絮吹在你的头发上，脸孔上，和嘴唇上，使你好像冒了雪，生了白胡须。我笑着搂住了你的肩，用手帕为你拂拭。你也笑着，仰起了头依在我的身旁。这在我们原是极寻常的事：以前每天你吃过饭，是我同你洗脸的。然而路上的人向我们注视，对我们窃笑，其意思仿佛在说："这样大的姑娘儿，还在路上教父亲搂住了拭脸孔"！我忽然看见你的身体似乎高大了，完全发育了，已由中性似的孩子变成十足的女性了。我忽然觉得，我与你之间似乎筑起一堵很高、很坚、很厚的无影的墙。你在我的怀抱中长起来，在我的提携中大起来；但从今以后，我和你将永远分居于两个世界了。一刹那间我心中感到深痛的悲哀。我怪怨你何不永远做一个孩子而定要长大起来，我怪怨人类中何必有男女之分。然而怪怨之后立刻破悲为笑。恍悟这不是当然的事，可喜的事么？

记得有一天，我从上海回来。你们兄弟姊妹照例拥在我身旁，等候我从提箱中取出"好东西"来分。我欣然地取出一束巧格力（巧克力）来，分给你们每人一包。你的弟妹们到手了这五色金银的巧格力，照例欢喜得大闹一场，雀跃地拿去尝新了。你受持了这赠品也表示欢喜，跟着弟妹们去了。然而过了几天，我偶然在楼窗中望下来，看见花台旁边，你拿着一包新开的巧格力，正在分给弟妹三人。他们各自争多嫌少，你忙着为他们均分。在一块缺角的巧格力上添了一张五色金银的包纸派给小妹妹了，方才三面公平。他们欢喜地吃糖了，你也欢喜地看他们吃。这使我觉得惊奇。吃巧格力，向来是我家儿童们的一大乐事。因为乡村里只有箬叶包的糖塌饼，草纸包的状元糕，没有这种五色金银的糖果；只有甜煞的粽子糖，咸煞的盐青果，没有这种异香异味的糖果。所以我每次到上海，一定要买些回来分给儿童，借添家庭的乐趣。儿童们切望我回家的目的，大半就在这"好东西"上。你向来也是这"好东西"的切望者之一人。你曾经和弟妹们赌赛谁是最后吃完；你曾经把五色金银的锡纸积受起来制成华丽的手工品，使弟妹们艳羡。这回你怎么一想，肯把自己的一包藏起来，如数分给弟妹们吃呢？我看你为他们分均匀了之后表示非常的欢喜，同从前赌得了最后吃完时一样，不觉倚在楼上独笑起来。因为我忆起了你小时候的事：十来年之前，你是我家里的一个捣乱分子，每天为了要求的不满足而哭几场，挨母亲打几顿。你吃蛋只要吃蛋黄，不要吃蛋白，母亲偶然夹一筷蛋白在你的饭碗里，你便把饭粒和蛋白乱拨在桌子上，同时大喊"要黄！要黄！"你以为凡物较好者就叫作"黄"。所以有一次你要小椅子玩耍，母亲搬一个小凳子给你，你也大喊"要黄！要黄！"你要长竹竿玩，母亲拿一根"史的克"给你，你也大喊"要黄！要黄！"你看不起那时候还只一二岁而不会活动的软软。吃东西时，把不好吃的东西留着给软软吃；讲故事时，把不幸的角色派给软软当。向母亲有所要求而不得允许的时候，你就高声地问："当错软软么？当错软软么？"你的意思以为：软软这个人要不得，其要求可以不允许；而阿宝是一个重要不过的人，其要求岂有不允许之理？今所以不允许者，大概是当错了软软的缘故。所以每次高声地提醒你母亲，务要她证明阿宝正身，允许一切要求而后已。这个一味"要黄"而专门欺侮弱小的捣乱分子，今天在那里牺牲自己的幸福来增殖弟妹们的幸福，使我看了觉得可笑,又觉得可悲。你往日的一切雄心和梦想已经宣告失败,开始在遏制自己的要求,忍耐自己的欲望,而谋他人的幸福了;你已将走出唯我独尊的黄金时代,开始在尝人类之爱的辛味了。

记得去年有一天,我为了必要的事,将离家远行。在以前,每逢我出门了,你们一定不高兴,要阻住我,或者约我早归。在更早的以前,我出门须得瞒过你们。你弟弟后来寻我不着,须得哭几场。我回来了,倘预知时期,你们常到门口或半路上来迎候。我所描的那幅题曰《爸爸还不来》的画,便是以你和你的弟弟等我归家为题材的。因为我在过去的十来年中,以你们为我的生活慰安者,天天晚上和你们谈故事,做游戏,吃东西,使你们都觉得家庭生活的温暖,少不来一个爸爸,所以不肯放我离家。去年这一天我要出门了,你的弟妹们照旧为我惜别,约我早归。我以为你也如此,正在约你何时回家和买些什么东西来,不意你却劝我早去,又劝我迟归,说你有种种玩意儿可以骗住弟妹们的阻止和盼待。原来你已在我和你母亲谈话中闻知了我此行有早去迟归的必要,决意为我分担生活的辛苦了。我此行感觉轻快,但又感觉悲哀。因为我家将少却了一个黄金时代的幸福儿。

以上原都是过去的事,但是常常切在我的心头,使我不能忘却。现在,你已做中学生,不久就要完全脱离黄金时代而走向成人的世间去了。我觉得你此行比出嫁更重大。古人送女儿出嫁诗云:"幼为长所育,两别泣不休。对此结中肠,义往难复留。"你出黄金时代的"义往",实比出嫁更"难复留",我对此安得不"结中肠"？所以现在追述我的所感，写这篇文章来送你。你此后的去处，就是我这册画集里所描写的世间。我对于你此行很不放心。因为这好比把你从慈爱的父母身旁遣嫁到恶姑的家里去，正如前诗中说："自小闺内训，事姑贻我忧。"事姑取甚样的态度，我难于代你决定。但希望你努力自爱，勿贻我忧而已。

约十年前，我曾作一册描写你们的黄金时代的画集（《子恺画集》）。其序文（《给我的孩子们》）中曾经有这样的话："我的孩子们！我憧憬于你们的生活，每天不止一次！我想委曲地说出来，使你们自己晓得。可惜到你们懂得我的话的时候，你们将不复是可以使我憧憬的人了。这是何等可悲哀的事啊！""但是你们的黄金时代有限，现实终于要暴露的。这是我经验过来的情形，也是大人们谁也经验过来的情形。我眼看见儿时伴侣中的英雄、好汉，一个个退缩、顺从、妥协、屈服起来，到像绵羊的地步。我自己也是如此。'后之视今，亦犹今之视昔'，你们不久也要走这条路呢！"写这些话时的情景还历历在目，而现在你果然已经"懂得我的话"了！果然也要"走这条路"了！无常迅速，念此又安得不结中肠啊！

廿三（1934）年岁暮，选辑近作漫画，定名为《人间相》，付开明出版。选辑既竟，取十年前所刊《子恺画集》比较之，自觉画趣大异。读序文，不觉心情大异。遂写此篇，以为《人间相》辑后感。

# 王囡囡

每次读到鲁迅《故乡》中的闰土，便想起我的王囡囡。王囡囡是我家贴邻豆腐店里的小老板，是我童年时代的游钓伴侣。他名字叫复生，比我大一二岁，我叫他"复生哥哥"。那时他家里有一祖母，很能干，是当家人；一母亲，终年在家烧饭，足不出户；还有一"大伯"，是他们的豆腐店里的老司务，姓钟，人们称他为钟司务或钟老七。

祖母的丈夫名王殿英，行四，人们称这祖母为"殿英四娘娘"，叫得口顺，变成"定四娘娘"。母亲名庆珍，大家叫她"庆珍姑娘"。她的丈夫叫王三三，早年病死了。庆珍姑娘在丈夫死后十四个月生一个遗腹子，便是王囡囡。请邻近的绅士沈四相公取名字，取了"复生"。复生的相貌和钟司务非常相像。人都说："王囡囡口上加些小胡子，就是一个钟司务。"

钟司务在这豆腐店里的地位，和定四娘娘并驾齐驱，有时竟在其上。因为进货、用人、经商等事，他最熟悉，全靠他支配。因此他握着经济大权。他非常宠爱王囡囡，怕他死去，打一个银项圈挂在他的项颈里。市上凡有新的玩具，新的服饰，王囡囡一定首先享用，都是他大伯买给他的。我家开染坊店，同这豆腐店贴邻,生意清淡;我的父亲中举人后科举就废,在家坐私塾。我家经济远不及王囡囡家的富裕,因此王囡囡常把新的玩具送我,我感谢他。王囡囡项颈里戴一个银项圈,手里拿一枝长枪,年幼的孩子和猫狗看见他都逃避。这神情宛如童年的闰土。

我从王囡囡学得种种玩艺。第一是钓鱼,他给我做钓竿,弯钓钩。拿饭粒装在钓钩上,在门前的小河里垂钓,可以钓得许多小鱼。活活地挖出肚肠,放进油锅里煎一下,拿来下饭,鲜美异常。其次是摆擂台。约几个小朋友到附近的姚家坟上去,王囡囡高踞在坟山上摆擂台,许多小朋友上去打,总是打他不下。一朝打下了,王囡囡就请大家吃花生米,每人一包。又次是放纸鸢。做纸鸢,他不擅长,要请教我。他出钱买纸,买绳,我出力糊纸鸢,糊好后到姚家坟去放。其次是缘树。姚家坟附近有一个坟,上有一棵大树,枝叶繁茂,形似一顶阳伞。王囡囡能爬到顶上,我只能爬在低枝上。总之,王囡囡很会玩耍,一天到晚精神勃勃,兴高采烈。

有一天,我们到乡下去玩,有一个挑粪的农民,把粪桶碰了王囡囡的衣服。王囡囡骂他,他还骂一声"私生子"!王囡囡面孔涨得绯红,从此兴致大大地减低,常常皱眉头。有一天,定四娘娘叫一个关魂婆来替她已死的儿子王三三关魂。我去旁观。这关魂婆是一个中年妇人,肩上扛一把伞,伞上挂一块招牌,上写"捉牙虫算命"。她从王囡囡家后门进来。凡是这种人,总是在小巷里走,从来不走闹市大街。大约她们知道自己的把戏鬼鬼祟祟,见不得人,只能骗骗愚夫愚妇。牙痛是老年人常有的事,那时没有牙医生,她们就利用这情况,说会"捉牙虫"。记得我有一个亲戚,有一天请一个婆子来捉牙虫。这婆子要小解了,走进厕所去。旁人偷偷地看看她的膏药,原来里面早已藏着许多小虫。婆子出来,把膏药贴在病人的脸上,过了一会,揭起来给病人看,"喏!你看:捉出了这许多虫,不会再痛了。"这证明她的捉牙虫全然是骗人。算命、关魂,更是骗人的勾当了。闲话少讲,且说定四娘娘叫关魂婆进来,坐在一只摇纱椅子[1]上。她先问:"要叫啥人?"定四娘娘说:"要叫我的儿子三三。"关魂婆打了三个呵欠,说:"来了一个灵官,长面孔……"定四娘娘说:"不是。"关魂婆又打呵欠,说:"来了一个灵官……"定四娘娘说:"是了,是我三三了。三三!你撇得我们好苦!"就一把鼻涕,一把眼泪地哭。后来对着庆珍姑娘说:"喏,你这不争气的婆娘,还不快快叩头!"这时庆珍姑娘正抱着她的第二个孩子(男,名掌生)喂奶,连忙跪在地上,孩子哭起来,王囡囡哭起来,棚里的驴子也叫起来。关魂婆又代王三三的鬼魂说了好些话,我大都听不懂。后来她又打一个呵欠,就醒了。定四娘娘给了她钱,她讨口茶吃了,出去了。

王囡囡渐渐大起来,和我渐渐疏远起来。后来我到杭州去上学了,就和他阔别。年假暑假回家时,听说王囡囡常要打他的娘。打过之后,第二天去买一支参来,煎了汤,定要娘吃。我在杭州学校毕业后,就到上海教书,到日本游学。抗日战争

---

1 摇纱椅子,是作者家乡一带低矮的靠背竹椅,因妇女摇纱(纺纱)时常坐此椅而得名。

前一两年，我回到故乡，王囡囡有一次到我家里来，叫我"子恺先生"，本来是叫"慈弟"的。情况真同闰土一样。抗战时我逃往大后方，八九年后回乡，听说王囡囡已经死了，他家里的人不知去向了。而他儿时的游钓伴侣的我，以七十多岁的高龄，还残生在这婆婆世界上，为他写这篇随笔。

笔者曰：封建时代礼教杀人，不可胜数。王囡囡庶民之家，亦受其毒害。庆珍姑娘大可堂皇地再嫁与钟老七。但因礼教压迫，不得不隐忍忌讳，酿成家庭之不幸，冤哉枉也。

1972 年

# 南颖访问记

南颖是我的长男华瞻的女儿。七月初有一天晚上,华瞻从江湾的小家庭来电话,说保姆突然走了,他和志蓉两人都忙于教课,早出晚归,这个刚满一岁的婴孩无人照顾,当夜要送到这里来交祖父母暂管。我们当然欢迎。深黄昏,一辆小汽车载了南颖和他父母到达我家,住在三楼上。华瞻和志蓉有时晚上回来伴她宿;有时为上早课,就宿在江湾,这里由我家的保姆英娥伴她睡。

第二天早上,我看见英娥抱着这婴孩,教她叫声公公。但她只是对我看看,毫无表情。我也毫不注意,因为她不会讲话,不会走路,也不哭,家里仿佛新买了一个大洋囡囡,并不觉得添了人口。

大约默默地过了两个月,我在楼上工作,渐渐听见南颖的哭声和学语声了。她最初会说的一句话是"阿姨"。这是对英娥有所要求时叫出的。但是后来发音渐加变化,"阿呀""阿咦""阿也"。这就变成了欲望不满足时的抗议声。譬如她指着扶梯要上楼,或者指着门要到街上去,而大人不肯抱她上来或出去,她就大喊:"啊呀!啊呀!"语气中仿佛表示:"啊呀!这一点要求也不答应我！"

第二句会说的话是"公公"。然而也许是"咯咯"，就是鸡。因为阿姨常常抱她到外面去看邻家的鸡，她已经学会"咯咯"这句话。后来教她叫"公公"，她不会发鼻音，也叫"咯咯"，大人们主观地认为她是叫"公公"，欢欣地宣传："南颖会叫公公了！"我也主观地高兴，每次看见了，一定抱抱她，体验着古人"含饴弄孙"之趣。然而我知道南颖心里一定感到诧异："一只鸡和一个出胡须的老人，都叫作'咯咯'，人的语言真奇怪！"

此后她的语汇逐渐丰富起来：看见祖母会叫"阿婆"；看见鸭会叫"Ga-Ga"；看见挤乳的马会叫"马马"；要求上楼时会叫"尤尤"（楼楼）；要求出外时会"外外"；看见邻家的女孩子会叫"几几"（姐姐）。从此我逐渐亲近她，常常把她放在膝上，用废纸画她所见过的各种东西给她看，或者在画册上教她认识各种东西。她对平面形象相当敏感：如果一幅大画里藏着一只鸡或一只鸭，她会找出来，叫"咯咯""Ga-Ga"。她要求很多，意见很多，然而发声器官尚未发达，无法表达她的思想，只能用"嗯，嗯，嗯，嗯"或哭来代替言语。有一次她指着我案上的文具连叫"嗯，嗯，嗯，嗯"。我知道她是要那支花铅笔，就对她说："要笔，是不是？"她不嗯了，表示是。我就把花铅笔拿给她，同时教她："说'笔'！"她的嘴唇动动，笑笑，仿佛在说："我原想说'笔'，可是我的嘴巴不听话呀！"

在这期间，南颖会自己走路了。起初扶着凳子或墙壁，后来完全独步了，同时要求越多，意见越多了。她欣赏我的手杖，称它为"都都"。因为她看见我常常拿着手杖上车子去开会,而车子叫"都都",因此手杖也就叫"都都"。她要求我左手抱了她,右手拿着拐杖走路。更进一步,要求我这样地上街去买花。这种事我不胜任,照理应该拒绝。然而我这时候自己已经化作了小孩,觉得这确有意思,就鼓足干劲,一手抱着孩子,一手拿着拐杖,走出里门,在人行道上慢慢地踱步。有一个路人向我注视了一会,笑问:"老伯伯,你抱得动吗?"我这才觉悟了我的姿态的奇特:凡拿手杖,总是无力担负自己的身体,所以叫手杖扶助的;可是现在我左手里却抱着一个十五六个月的小孩!这矛盾岂不可笑?

她寄居我家一共五个多月。前两个多月像洋囡囡一般无声无息;可是后三个多月她的智力迅速发达,眼见得由洋囡囡变成了一个人,一个全新的人。一切生活在她都是初次经验,一切人事在她都觉得新奇。记得《西青散记》的序言中说:"予初生时,怖夫天之乍明乍暗,家人曰:昼夜也。怪夫人之乍有乍无,家人曰:生死也。"南颖此时的观感正是如此。在六十多年前,我也曾有过这种观感。然而六十多年的世智尘劳早已把它磨灭殆尽,现在只剩得依稀仿佛的痕迹了。由于接近南颖,我获得了重温远昔旧梦的机会,瞥见了我的人生本来面目。有时我屏绝思虑,注视着她那天真烂漫的脸,心情就会迅速地退回到六十多年前的儿时,尝到人生的本来滋味。这是最深切的一种幸福,现在只有南颖能够给我。三个多月以来我一直照管她,她也最亲近我。虽然为她相当劳瘁,但是她给我的幸福足可以抵偿。她往往不讲情理,恣意要求。例如当我正在吃饭的时候定要我抱她到"尤尤"去；深夜醒来的时候放声大哭，要求到"外外"去。然而越是恣意，越是天真，越是明显地衬托出世间大人们的虚矫，越是使我感动。所以华瞻在江湾找到了更宽敞的房屋，请到了保姆，要接她回去的时候，我心中发生了一种矛盾：在理智上乐愿她回到父母的新居，但在感情上却深深地对她惜别，从此家里没有了生气蓬勃的南颖，只得像杜甫所说："寂寞养残生"了。那一天他们准备十点钟动身，我在九点半钟就悄悄地拿了我的"都都"，出门去了。

我十一点钟回家，家人已经把壁上所有为南颖作的画揭去，把所有的玩具收藏好，免得我见物怀人。其实不必如此，因为这毕竟是"欢乐的别离"；况且江湾离此只有一小时的旅程，今后可以时常来往。不过她去后，我闲时总要想念她。并不是想她回来，却是想她做何感想。十七八个月的小孩，不知道世间有"家庭""迁居""往来"等事。她在这里由洋囡囡变成人，在这里开始有知识；对这里的人物、房屋、家具、环境已经熟悉。她的心中已经肯定这里是她的家了。忽然大人们用车子把她载到另一个地方，这地方除了过去晚上有时看到的父母之外，保姆、房屋、家具、环境都是陌生的。"一向熟悉的公公、阿婆、阿姨哪里去了？一向熟悉的那间屋子哪里去了？一向熟悉的门巷和街道哪里去了？这些人物和环境是否永远没有了？"她的小头脑里一定发生这些疑问。然而无人能替她解答。

我想用事实来替她证明我们的存在，在她迁去后一星期，到江湾去访问她。坐了一小时的汽车，来到她家门前。一间精小的东洋式住宅门口，新保姆抱着她在迎接我。南颖向我凝视片刻,就要我抱,看看我手里的"都都"。然而目光呆滞,脸无笑容,很久默默不语,显然表示惊奇和怀疑。我推测她的小心里正在想:"原来这个人还在。怎么在这里出现?那间屋子存在不存在?阿婆、阿姨和'几几'存在不存在?"我要引起她回忆,故意对她说:"尤尤,公公,都都,外外,买花花。"她的目光更加呆滞了,表情更加严肃了,默默无言了很久。我想这时候她的小心境中大概显出两种情景。其一是:走上楼梯,书桌上有她所见惯的画册、笔砚、烟灰缸、茶杯;抽斗里有她所玩惯的显微镜、颜料瓶、图章、打火机;四周有特地为她画的小图画。其二是:电车道旁边的一家鲜花店,一个满面笑容的卖花人和红红绿绿的许多花;她的小手手拿了其中的几朵,由公公抱回家里,插在茶几上的花瓶里。不知道这时候她心中除了惊疑之外,是喜是悲,是怒是慕。

  我在她家逗留了大半天,趁她沉沉欲睡的时候悄悄地离去。她照旧依恋我。这依恋一方面使我高兴,另一方面又使我惆怅:她从热闹的都市里被带到这幽静的郊区,笼闭在这沉寂的精舍里,已经一个星期,可能尘心渐定。今天我去看她,这昙花一现,会不会促使她怀旧而增长她的疑窦?我希望不久迎她到这里来住几天,再用事实来给她证明她的旧居的存在。

**1960 年仲冬**

# 穷小孩的跷跷板

有一个人写一封匿名信给我,信壳上左面但写"寄自上海法租界"。信上说:"近来在《自由谈》上,几乎每天能见到你的插画。(中略)前数天偶然看见几个穷小孩在玩。他们的玩法,我觉得能做你的画稿的材料,而且很合你向来的作风。现在特地贡献给你,以备采纳。此祝康健。一个敬佩你的读者上。七,十一。"后面又附注:"小孩的玩法——先把一条长凳放置地上。再拿一条长凳横跨在上面。这样两个小孩坐在上面一张长凳的两端,仿跷跷板的玩法,一高一低地玩着。"

这是一封"无目的"的无头信。推想这发信人是纯为画的感兴所迫而写这封信给我的。在扰扰攘攘的今世,这也可谓一件小小的异闻。

我闭了眼睛一看,觉得这匿名的通信者所发现的,确是我所爱取的画材。便乘兴背摹了一幅。这两个穷小孩凭了他们的小心的智巧,利用了这现成的材料,造成了这具体而微的运动具。在贫民窟的环境中,这可说是一种十分优异的游戏设备了。我想象这两个穷小孩各据板凳的一端而一高一低地交互上下的时候,脸上一定充满了欢笑。因为他们是无知的幼儿,不曾梦见世间各处运动场里专为儿童置办的种种优良的幸福的设备，对于这简陋的游戏已是十分满足了。这种游戏的简陋和这两个小孩的穷苦，只有我们旁人能感到，他们自己是不知道的。

因此，我想到了世间的小孩苦。在这社会里，穷的大人固然苦，穷的小孩更苦！穷的大人苦了，自己能知道其苦，因而能设法免除其苦。穷的小孩苦了，自己还不知道，一味茫茫然地追求生的欢喜，这才是天下之至惨！

闻到隔壁人家饭香，攀住了自家的冷灶头而哭着向娘要白米饭吃。看见邻家的孩子吃肉粽子，丢掉了自己手里的硬蚕豆而嚷着："也要！"老子落脱了饭碗头回家，孩子抱住了他带回来的铺盖而喊："爸爸买好东西来了！"老棉絮被投上了当铺，孩子抱住了床里新添的稻柴束当洋囡囡玩。讨饭婆背上的孩子捧着他娘的髻子当皮球玩，向着怒骂的不布施者嘤嘤地笑语。——我们看到了这种苦况而发生同情的时候，最感伤心的不是大人的苦，而是小孩的苦；大人的苦自己知道，同情者只要分担其半；小孩的苦则自己不知道，全部要归同情者担负。那攀住自己的冷灶头而向娘要白米饭吃的孩子，以为锅子里总应有饭，完全没有知道他老子种出来的米，还粮纳租早已用完，轮不着自己吃了。那丢掉了硬蚕豆而嚷着也要肉粽子的孩子，只知道肉粽子比硬蚕豆好吃，他有得吃，我也要吃，全不知道他娘做女工赚来的钱买米还不够。那抱住了老子的铺盖而喊"爸爸买好东西来了"的孩子，只知道爸爸回家总应该有好东西带来，全不知道社会已把他们全家的根一刀宰断，不久他将变成一张小枯叶了。那抱住了代棉被用的稻草束当洋囡囡玩的孩子，只觉今晚眠床里变得花样特别新鲜，全不想到这变化的悲哀的原因和苦痛的结果。讨饭婆子背上的孩子也只是任天而动地玩耍嬉笑，全不知道他自己的生命托根在这社会所不容纳的乞丐身上，而正在受人摈斥。看到这种受苦而不知苦的穷的小孩，真是难为情！这好比看见初离襁褓的孩子牵住了尸床上的母亲的寿衣而喊"要吃甜奶"，我们的同情之泪，为死者所流者少，而为生者所流者多。八指头陀咏小孩诗云："骂之惟解笑，打亦不生嗔。"目前的穷人，多数好比在无辜地受骂挨打：大人们知道被骂被打的苦痛，还能呻吟，叫喊，挣扎，抵抗；小孩们却全不知道，只解嬉笑，绝不生嗔。这不是世间最凄惨的状态吗？

比较起上述的种种现状来，我们这匿名的通信者所发现的穷小孩的游戏，还算是幸福的。他们虽然没有福气入学校，但幸而不须跟娘去捡煤屑，不须跟爷去捉狗屎，还有游戏的余暇。他们虽然不得享用运动场上为小孩们特制的跷跷板，但幸而还有这两只板凳，无条件地供他们当作运动具的材料。

只恐怕日子过下去，不久他的爷娘要拿两条板凳去换米吃，要带这两个孩子去捡煤屑，捉狗屎了。到那时，我这位匿名的通信者所发现和我的所画，便成了这两个穷小孩的黄金时代的梦影。

1934 年 7 月 14 日

第二章

# 从孩子得到的启示

他能撤去世间事物的因果关系的网,看见事物的本身的真相。他是创造者,能赋给生命于一切的事物。他们是"艺术"的国土的主人。

# 作父亲

楼窗下的弄里远地传来一片声音:"咿哟、咿哟……"渐近渐响起来。

一个孩子从算草簿中抬起头来,张大眼睛倾听一会,"小鸡!小鸡!"叫了起来。四个孩子同时放弃手中的笔,飞奔下楼,好像路上的一群麻雀听见了行人的脚步声而飞去一般。

我刚才扶起他们所带倒的凳子,拾起桌子上滚下去的铅笔,听见大门口一片呐喊:"买小鸡!买小鸡!"其中又混着哭声。连忙下楼一看,原来元草因为落伍而狂奔,在庭中跌了一跤,跌痛了膝盖骨不能再跑,恐怕小鸡被哥哥、姐姐们买完了轮不着他,所以激烈地哭着。我扶了他走出大门口,看见一群孩子正向一个挑着一担"咿哟、咿哟"的人招呼,欢迎他走近来。元草立刻离开我,上前去加入团体,且跳且喊:"买小鸡!买小鸡!"泪珠跟了他的一跳一跳而从脸上滴到地上。

孩子们见我出来,大家回转身来包围了我。"买小鸡!买小鸡!"的喊声由命令的语气变成了请愿的语气,喊得比前更响了。他们仿佛想把这些音蓄入我的身体中,希望它们由我的口上开出来。独有元草直接拉住了担子的绳而狂喊。

我全无养小鸡的兴趣；而且想起了以后的种种麻烦，觉得可怕。但乡居寂寥，绝对屏除外来的诱惑而强迫一群孩子在看惯的几间屋子里隐居这一个星期日，似也有些残忍。且让这个"啾哟、啾哟"来打破门庭的岑寂，当作长闲的春昼的一种点缀吧。我就招呼挑担的，叫他把小鸡给我们看看。

他停下担子，揭开前面的一笼。"啾哟、啾哟"的声音忽然放大。但见一个细网的下面，蠕动着无数可爱的小鸡，好像许多活的雪球。五六个孩子蹲集在笼子的四周，一齐倾情地叫着："好来！好来！"一瞬间我的心也屏绝了思虑而没入在这些小动物的姿态的美中，体会了孩子们对小鸡的热爱的心情。许多小手伸入笼中，竟指一只纯白的小鸡，有的几乎要隔网捉住它。挑担的忙把盖子无情地冒上，许多"啾哟、啾哟"的雪球和一群"好来、好来"的孩子就变成了咫尺天涯。孩子们怅望笼子的盖，依附在我的身边，有的伸手摸我的袋。我就向挑担的人说话：

"小鸡卖几钱一只？"

"一块洋钱四只。"

"这样小的，要卖二角半钱一只？可以便宜些否？"

"便宜勿得，二角半钱最少了。"

他说过，挑起担子就走。大的孩子脉脉含情地目送他，小的孩子拉住了我的衣襟而连叫："要买！要买！"挑担的越走得快，他们喊得越响。我摇手止住孩子们的喊声，再向挑担的问：

"一角半钱一只卖不卖？给你六角钱买四只吧！"

"没有还价！"

他并不停步,但略微旋转头来说了这一句话,就赶紧向前面跑。"咿哟、咿哟"的声音渐渐地远起来了。

元草的喊声就变成哭声。大的孩子锁着眉头不绝地探望挑担者的背影,又注视我的脸色。我用手掩住了元草的口,再向挑担人远远地招呼:

"二角大洋一只,卖了吧!"

"没有还价!"

他说过便昂然地向前进行,悠长地叫出一声"卖——小——鸡——"其背影便在弄口的转角上消失了。我这里只留着一个号啕大哭的孩子。

对门的大嫂子曾经从矮门上探头出来看过小鸡,这时候就拿着针线走出来,倚在门上,笑着劝慰哭的孩子,她说:

"不要哭!等一会儿还有担子挑来,我来叫你呢!"她又笑着向我说:

"这个卖小鸡的想做好生意。他看见小孩子哭着要买,越是不肯让价了。昨天坍墙圈里买的一角洋钱一只,比刚才的还大一半呢!"

我同她略谈了几句,硬拉了哭着的孩子回进门来。别的孩子也懒洋洋地跟了进来。我原想为长闲的春昼找些点缀而走出门口来的,不料讨个没趣,扶了一个哭着的孩子而回进来。庭中柳树正在骀荡的春光中摇曳柔条,堂前的燕子正在安稳的新巢上低徊软语。我们这个刁巧的挑担者和痛哭的孩子,在这一片和平美丽的春景中很不调和啊!

关上大门,我一面为元草揩拭眼泪,一面对孩子们说:

"你们大家说'好来,好来','要买,要买',那人就不肯让价了!"

小的孩子听不懂我的话,继续抽噎着;大的孩子听了我的话若有所思。我继续抚慰他们:

"我们等一会再来买吧,隔壁大妈会喊我们的。但你们下次……"

我不说下去了。因为下面的话是"看见好的嘴上不可说好,想要的嘴上不可说要。"倘再进一步,就变成"看见好的嘴上应该说不好,想要的嘴上应该说不要"了。在这一片天真烂漫光明正大的春景中,向哪里容藏这样教导孩子的一个父亲呢?

1933 年 5 月 20 日

# 从孩子得到的启示

一

晚上喝了三杯老酒,不想看书,也不想睡觉,捉一个四岁的孩子华瞻来骑在膝上,同他寻开心。我随口问:

"你最喜欢什么事?"

他仰起头一想,率然地回答:

"逃难。"

我倒有点奇怪:"逃难"两字的意义,在他不会懂得,为什么偏偏选择它?倘然懂得,更不应该喜欢了。我就设法探问他:

"你晓得逃难就是什么?"

"就是爸爸、妈妈、宝姐姐、软软……娘姨,大家坐汽车,去看大轮船。"

啊!原来他的"逃难"的观念是这样的!他所见的"逃难",是"逃难"的这一面!这真是最可喜欢的事!

一个月以前,上海还属孙传芳的时代,国民革命军将到上海的消息日紧一日,素不看报的我,这时候也定一份《时事新报》,每天早晨看一遍。有一天,我正在看昨天的旧报,等候今天的新报的时候，忽然上海方面枪炮声起了，大家惊惶失色，立刻约了邻人，扶老携幼地逃到附近的妇孺救济会里去躲避。其实倘然此地果真进了战线，或到了败兵，妇孺救济会也是不能救济的。不过当时张皇失措，有人提议这办法，大家就假定它为安全地带，逃了进去。那里面地方很大，有花园、假山、小川、亭台、曲栏、长廊、花树、白鸽，孩子们一进去，登临盘桓，快乐得如入新天地了。忽然兵车在墙外轰过，上海方面的机关枪声、炮声，愈响愈近，又愈密了。大家坐定之后，听听，想想，方才觉到这里也不是安全地带，当初不过是自骗罢了。有决断的人先出来雇汽车逃往租界。每走出一批人，留在里面的人增一次恐慌。我们结合邻人来商议，也决定出来雇汽车，逃到杨树浦的沪江大学。于是立刻把小孩子们从假山中、栏杆内捉出来，装进汽车里，飞奔杨树浦了。

所以决定逃到沪江大学者，因为一则有邻人与该校熟识，二则该校是外国人办的学校，较为安全可靠。枪炮声渐远渐弱，到听不见了的时候，我们的汽车已到沪江大学。他们安排一个房间给我们住，又为我们代办膳食。傍晚，我坐在校旁的黄浦江边的青草堤上，怅望云水遥忆故居的时候，许多小孩子采花、卧草，争看无数的帆船、轮船的驶行，又是快乐得如入新天地了。

次日，我同一邻人步行到故居来探听情形的时候，青天白日的旗子已经招展在晨风中，人人面有喜色，似乎从此可庆承平了。我们就雇汽车去迎回避难的眷属，重开我们的窗户，恢复我们的生活。从此"逃难"两字就变成家人的谈话的资料。

这是"逃难"。这是多么惊慌、紧张而忧患的一种经历！然而人物一无损丧,只是一次虚惊;过后回想,这回好似全家的人突发地出门游览两天。我想假如我是预言者,晓得这是虚惊,我在逃难的时候将何等有趣!素来难得全家出游的机会,素来少有坐汽车、游览、参观的机会。那一天不论时,不论钱,浪漫地、豪爽地、痛快地举行这游历,实在是人生难得的快事!只有小孩子真果感得这快味!他们逃难回来以后,常常拿香烟篓子来叠作栏杆、小桥、汽车、轮船、帆船;常常问我关于轮船、帆船的事;墙壁上及门上又常常有有色粉笔画的轮船、帆船、亭子、石桥的壁画出现。可见这"逃难",在他们脑中有难忘的欢乐的印象。所以今晚我无端地问华瞻最喜欢什么事,他立刻选定这"逃难"。原来他所见的,是"逃难"的这一面。

不止这一端:我们所打算,计较,争夺的洋钱,在他们看来个个是白银的浮雕的胸章,仆仆奔走的行人,血汗涔涔的劳动者,在他们看来个个是无目的地在游戏,在演剧;一切建设,一切现象,在他们看来都是大自然的点缀、装饰。

唉!我今晚受了这孩子的启示了:他能撤去世间事物的因果关系的网,看见事物的本身的真相。他是创造者,能赋给生命于一切的事物。他们是"艺术"的国土的主人。唉,我要从他学习!

## 二

两个小孩子,八岁的阿宝与六岁的软软,把圆凳子翻转,叫三岁的阿韦坐在里面。他们两人同他抬轿子。不知哪一个人失手,轿子翻倒了。阿韦在地板上撞了一个大响头,哭了起来。乳母连忙来抱起。两个轿夫站在旁边呆看。乳母问:"是谁不好?"

阿宝说:"软软不好。"

软软说:"阿宝不好。"

阿宝又说:"软软不好,我好!"

软软也说:"阿宝不好,我好!"

阿宝哭了,说:"我好!"

软软也哭了,说:"我好!"

他们的话由"不好"转到了"好"。乳母已在喂乳,见他们哭了,就从旁调解:

"大家好,阿宝也好,软软也好,轿子不好!"

孩子听了,对翻倒在地上的轿子看看,各用手背揩揩自己的眼睛,走开了。

孩子真是愚蒙。直说"我好",不知谦让。

所以大人要称他们为"童蒙""童昏",要是大人,一定懂得谦让的方法:心中明明认为自己好而别人不好,口上只是隐隐地或转弯地表示,让众人看,让别人自悟。于是谦虚、聪明、贤慧等美名皆在我了。

讲到实在,大人也都是"我好"的。不过他们懂得谦让的一种方法,不像孩子地直说出来罢了。谦让方法之最巧者,是不但不直说自己好,反而故意说自己不好。明明在谆谆地陈理说义,劝谏君王,必称"臣虽下愚"。明明在自陈心得、辩论正义,或惩斥不良、训诫愚顽,表面上总自称"不佞""不慧",或"愚"。习惯之后,"愚"之一字竟通用作第一身称的代名词,凡称"我"处,皆用"愚"。常见自持正义而赤裸裸地骂人的文字函牍中,也称正义的自己为"愚",而称所骂的人为"仁兄"。这种矛盾,在形式上看来是滑稽的;在意义上想来是虚伪的,阴险的。"滑稽""虚伪""阴险",比较大人评孩子的所谓"蒙""昏",丑劣得多了。

对于"自己",原是谁都重视的。自己的要"生",要"好",原是普遍的生命的共通的大欲。今阿宝与软软为阿韦抬轿子,翻倒了轿子,跌痛了阿韦,是谁好谁不好,姑且不论,其表示自己要"好"的手段,是彻底地诚实,纯洁而不虚饰的。

我一向以小孩子为"昏蒙"。今天看了这件事,恍然悟到我们自己的昏蒙了。推想起来,他们常是诚实的,"称心而言"的,而我们呢,难得有一日不犯"言不由衷"的恶德!

唉!我们本来也是同他们那样的,谁造成我们这样呢?

# 给我的孩子们

　　我的孩子们！我憧憬于你们的生活，每天不止一次！我想委曲地说出来，使你们自己晓得。可惜到你们懂得我的话的意思的时候，你们将不复是可以使我憧憬的人了。这是何等可悲哀的事啊！

　　瞻瞻！你尤其可佩服。你是身心全部公开的真人。你什么事体都像拼命地用全副精力去对付。小小的失意，像花生米翻落地了，自己嚼了舌头了，小猫不肯吃糕了，你都要哭得嘴唇翻白，昏去一两分钟。外婆普陀去烧香买回来给你的泥人，你何等鞠躬尽瘁地抱他、喂他；有一天你自己失手把他打破了，你的号哭的悲哀，比大人们的破产、失恋、broken heart（心碎）、丧考妣、全军覆没的悲哀都要真切。两把芭蕉扇做的脚踏车，麻雀牌堆成的火车、汽车，你何等认真地看待，挺直了嗓子叫"汪——"，"咕咕咕……"，来代替汽笛。宝姐姐讲故事给你听，说到"月亮姐姐挂下一只篮来，宝姐姐坐在篮里吊了上去，瞻瞻在下面看"的时候，你何等激昂地同她争，说"瞻瞻要上去，宝姐姐在下面看！"甚至哭到漫姑（作者的三姐丰满）面前去求审判。我每次剃了头，你真心地疑我变了和尚，好几时不要我抱。最是今年夏天,你坐在我膝上发现了我腋下的长毛,当作黄鼠狼的时候,你何等伤心,你立刻从我身上爬下去,起初眼瞪瞪地对我端相,继而大失所望地号哭,看看,哭哭,如同对被判定了死罪的亲友一样。你要我抱你到车站里去,多多益善地要买香蕉,满满地擒了两手回来,回到门口时你已经熟睡在我的肩上,手里的香蕉不知落在哪里去了。这是何等可佩服的真率、自然与热情!大人间的所谓"沉默""含蓄""深刻"的美德,比起你来,全是不自然的、病的、伪的!

你们每天做火车、做汽车、办酒、请菩萨、堆六面画、唱歌,全是自动的、创造创作的生活。大人们的呼号"归自然!""生活的艺术化!""劳动的艺术化!"在你们面前真是出丑得很了!依样画几笔画,写几篇文的人称为艺术家、创作家,对你们更要愧死!

你们的创作力,比大人真是强盛得多哩:瞻瞻!你的身体不及椅子的一半,却常常要搬动它,与它一同翻倒在地上;你又要把一杯茶横转来藏在抽斗里,要皮球停在壁上,要拉住火车的尾巴,要月亮出来,要天停止下雨。在这等小小的事件中,明明表示着你们的小弱的体力与智力不足以应付强盛的创作欲、表现欲的驱使,因而遭逢失败。然而你们是不受大自然的支配,不受人类社会的束缚的创造者,所以你的遭逢失败,例如火车尾巴拉不住,月亮呼不出来的时候,你们决不承认是事实的不可能,总以为是爸爸妈妈不肯帮你们办到,同不许你们弄自鸣钟同例,所以愤愤地哭了,你们的世界何等广大!

你们一定想:终天无聊地伏在案上弄笔的爸爸,终天闷闷地坐在窗下弄引线的妈妈,是何等无气性的奇怪的动物!你们所视为奇怪动物的我与你们的母亲,有时确实难为了你们,摧残了你们,回想起来,真是不安心得很!

阿宝!有一晚你拿软软的新鞋子,和自己脚上脱下来的鞋子,给凳子的脚穿了,划袜立在地上,得意地叫"阿宝两只脚,凳子四只脚"的时候,你母亲喊着"龌龊了袜子!"立刻擒你到藤榻上,动手毁坏你的创作。当你蹲在榻上注视你母亲动手毁坏的时候,你的小心里一定感到"母亲这种人,何等杀风景而野蛮"吧!

瞻瞻!有一天开明书店送了几册新出版的毛边的《音乐入门》来。我用小刀把书页一张一张地裁开来,你侧着头,站在桌边默默地看。后来我从学校回来,你已经在我的书架上拿了一本连史纸印的中国装的《楚辞》,把它裁破了十几页,得意地对我说:"爸爸!瞻瞻也会裁了!"瞻瞻!这在你原是何等成功的欢喜,何等得意的作品!却被我一个惊骇的"哼"字喊得你哭了。那时候你也一定抱怨"爸爸何等不明"吧!

软软!你常常要弄我的长锋羊毫,我看见了总是无情地夺脱你。现在你一定轻视我,想道:"你终于要我画你的画集的封面!"(《子恺画集》的封面画是软软所作)最不安心的,是有时我还要拉一个你们所最怕的陆露沙医生来,教他用他的大手来摸你们的肚子,甚至用刀来在你们臂上割几下,还要教妈妈和漫姑擒住了你们的手脚,捏住了你们的鼻子,把很苦的水灌到你们的嘴里去。这在你们一定认为太无人道的野蛮举动吧!

孩子们！你们真果抱怨我，我倒欢喜；到你们的抱怨变为感谢的时候，我的悲哀来了！

我在世间，永没有逢到像你们样出肺肝相示的人。世间的人群结合，永没有像你们样的彻底地真实而纯洁。最是我到上海去干了无聊的所谓"事"回来，或者去同不相干的人们做了叫作"上课"的一种把戏回来，你们在门口或车站旁等我的时候，我心中何等惭愧又欢喜！惭愧我为什么去做这等无聊的事，欢喜我又得暂时放怀一切地加入你们的真生活的团体。

但是，你们的黄金时代有限，现实终于要暴露的。这是我经验过来的情形，也是大人们谁也经验过的情形。我眼看见儿时的伴侣中的英雄、好汉，一个个退缩、顺从、妥协、屈服起来，到像绵羊的地步。我自己也是如此。"后之视今，亦犹今之视昔"，你们不久也要走这条路呢！

我的孩子们！憧憬于你们的生活的我，痴心要为你们永远挽留这黄金时代在这册子（《子恺画集》）里。然这真不过像"蜘蛛网落花"略微保留一点春的痕迹而已。且到你们懂得我这片心情的时候，你们早已不是这样的人，我的画在世间已无可印证了！这是何等可悲哀的事啊！

《子恺画集》代序，1926年耶诞节

# 二学生

暑假中,有两个我所稔熟的中学生各自来访我。甲学生来访时我问他:"几时开学?"他回答说:"再过一个月就要开学了!"乙学生来访时我问他:"几时开学?"他回答说:"还要一个月才开学呢!"这两句话表露了这两人的性行的不同。我觉得这二人是青年学生性行的两大类型的代表者,就据我所见闻为他们写照如下:

甲学生今年十七岁,但其沉着苍白的脸色,朴素简陋的服饰,可以使人误猜他是二十岁了。他脸上极难得有笑容。大家齐声笑乐的时候,他偏偏不笑。倘有人把自己以为可笑的话说给他听,说过之后把眼睛盯住他,看他笑不笑,那时他就更加不肯笑了。反之,在宿舍里,或教室里,别人认真地谈话,或认真地讲解问难的时候,他们的一句一字,有时会使他一个人掩口葫芦,弄得别人大家不解。实则他所笑的,有时是讲话者的口头禅,别人所不注意而他所独感兴味的。有时是他自己脑中的回想,不是目前出现的事情,根本不能使别人共感。他在人丛中既不笑乐,又沉默不语,好像是聋且哑的。逢到有人问他一句话,他不得不回答时,也仅说寥寥数语,甚或只说然否二字,而且这然否二字也轻微得不易听到,全靠点头或摇头的动作帮助着使人理解的。因此同学都当他特殊人看。有的同学向众人揶揄,逢到他就不侵犯;有的同学拉大家出去胡闹,放他一个人独在室中,而大家视为当然,从没有一个人提出"为什么除外他"的话。同学中有人不得已而要同他讲一句话,就得换一种口气与态度,恭敬地向他启请。但也并非特别敬重他,只是当他特殊人看。好比他们是一群中国人,而他是住在这群中国人中的一个外国人。中国人大家用国语自由谈天,他一概听不懂,不闻不问。中国人要对他谈话,须得改用外国语调,简要地问答一下就完了。他呢,就好像一个不谙熟中国语的外国人。逢到别人有问,只能简单地说一句答语;逢到自己万不得已而要问别人一声,那就十分困难,他的从来难得听到的喉音,以及生硬的语调,往往使满座静默,十目注视,仿佛发生了特别事件一般。同时他的脸孔就涨红了,好像做了一件极难为情的事。

  他在众人前说话如此困难,但是说也奇怪,他在一二知友或家人前,是一个雄辩家!但这雄辩家的出现,须在星期六晚上,人迹不到的校园里;一二知己朋友的面前,或者校外的僻静处,同着一二知己散步的时候,这一二知己,在他真是唯一唯二的朋友;但他们倒并非同他一样性格的人。他们除他以外还有许多朋友,闲常也混在众人队里;只是他们的性格中备有某种要素,因此能获得和他的交际。他们深知道他,在闲常,当众人前,轻轻地隐隐地同他说话,他也轻轻地隐隐地回答,大类在翁姑伯叔面前的新郎新娘。等到背了众人,他就像新娘进了房里一般，有说有笑地和新郎讲起情话来。他有见识，有决断，有主张，而且还能雄辩地批评世间一切的事，以及他的对手的言行。当他伴着一二知己躲在僻静的房间里纵谈的时候，你倘在壁上钻一个洞，偷偷地看他的态度，听他的说话，你一定要惊诧，误认他是另一个人了。

他嫌恶一切共同生活。共食的时候看他最不自由，往往疗饥似的吃了些饭，第一个离席。开同乐会的时光，可不到的他就不到，必须到会时就难为了他。因为如前所说，他对于别人认为可笑可乐的事，都不感兴味。只在别人欢笑的旁边枯坐了几小时，闷闷地退出。他不欢喜穿制服。可不穿时，尽量地不穿。非穿不可的时候，不自然地套在身上，领头折了也不管，纽扣脱了也不管，仿佛故意显出制服的恶点来，为他的不愿穿辩护。总之，他是一个个性很强而落落寡合的孤独者。他把生活力全部发泄在书本里，所以学业成绩多是甲上。他来访我时，总是跟他父亲同来。我从他的父亲和同学处知道他的性行。

乙学生今年十九岁。但其嬉皮笑脸的神气，短小精悍的身材，齐齐整整的衣服，可以使人误猜他只有十五六岁。有时他的崭新的制服的口袋上，装着闪亮的一个笔套夹，脚上穿着一双闪亮的黑皮鞋，头上生着一对闪亮的黑眼睛，独自跑来访我。我骤见他时觉得眼睛发耀，心中暗赞"好一个翩翩少年！"他一见我就带笑带说，笑个不休，说个不休，但说得不教听者讨厌。每逢我想对他说话的时候，他会敏捷地收住自己的话头，怡颜悦色地听我说话，中间随时加以爽快的答应。但当我抽烟、喝茶或说得口乏而想停下来的时候，他的话就巧妙地补衬上来，以防相对沉默的寂寞。我对他提出什么话，没有说完，他的嘴巴已表出说"是呀！"的姿势。有时不禁使我想象："假如我对他说'今天太阳从西方出来的呀！'他也会接上一个'是的！'来。"然而这也不过极言其说话之和悦。其实，他并非人云亦云，或阿人所好。只为他懂得说话技法，要表示反对的时候，也从赞成入手，旁征远引地说出他反对的意见来，使听者不得不同意他。他到我家一二次，就同我家的孩子们都稔熟，好像旧相识的。连我家的老妈子也同他谈得很投机，每次殷勤地倒茶给他吃。他到我家如此，在学校里的行状便可想见。

我从他的先生及同学处，知道他是全校第一个交际家。他没有一个知己，但没有一个同学不是他的好朋友。同学会里有什么兴行，他是总干事。学生个人间发生了什么问题，他是调解者，慰安者，帮助者。他知道一切同学的兴行，习惯，生活，以及在校外的行动，甚至家庭间的状况。他仿佛是一个学校里的包探。同学之外，教师的家里有几个人，茶房每年可赚多少钱等事他也都知道。所以他的生活很忙。不大有自修的工夫。

其实，他即使有空的时间，也雅不欲埋头"读死书"。他常用巧妙的谦虚的言词，对众人表明他对于求学的意见，隐隐地指摘"读死书"之无用。他的话是这样："世间有两种书，一种是纸做的，一种是人做的。像你们，聪明的人，有能力读破万卷纸做的书，原可以埋头用功。像我，既无聪明，又不耐劳，埋头纸做的书中，一生也读不好，等于自杀。像我这样又笨又懒的人，进了学校只能读人做的书。先生的教训，同学的交游，以及我所对付的一切人，都是我的书。"这类的话说得对方既欢喜，自己又体面。于是他就实行他的求学政策。晚上自修的时间，他只在先生来督看的一会儿时间内做些必不可少的自修。例如要交卷的东西，他只得草草地写起来。要背诵的东西，他只得硬记一下。其他都可在上课时间内临时预备。等到先生走开了，他也就走开，走到谈得上话的同学那里，拉了他出自修室，到阅报室里去谈话。谈话同志越多越好。有时幸而集了一群人，在阅报室里，他插身其间如鱼得水，浑身畅快。他对于阅报室感情特别好，不仅为了每晚可作他的谈话室，正因为室中有的是报纸，满载着他所最关心的国家大事，社会新闻。他们可以随手指着报纸上的某一事件，作为谈话的引子。若是外交问题，他的谈论比大使更雄辩。若是内政问题，他的批评可以压倒一切要人。若是民事问题，他的裁判活像一位法官。若没有先生干涉，他们会谈到就寝。有时熄灯后和几个同志偷偷地走出寝室，到先生听不到的地方去作夜谈。

吃饭的时候，他往往是最后出食堂的人。有人以为他是大饭量，其实冤枉。他每餐所吃的饭不多，只是吃得十分缓慢。缓慢的用意，就是要等多数人吃毕而去，然后纠合几个健饭健谈的同志，添些儿菜，从容地且谈且吃。然而在学校的食堂里，这事到底行得不痛快。故他所最盼望的是假日的撒兰花（在一张纸上画了许多线条，在线脚上注明多少不等的钱数，然后把钱数卷藏了。请各人各选一根线头。发开线脚来看，各人依注明的数目出钱去买食物共吃，叫作撒兰花）。他们或者拿撒来的钱买了各种糖果在校里吃，或者多撒些儿，大家上饭菜馆去，那更吃得畅快，谈得尽情。

然而我知道，他的欢喜约了人聚吃，并非征逐饮食，目的在于交际。因为他平素不贪吃，不饮酒，且反对饮酒，曾经在演讲比赛会中讲过"饮酒之害"这题目，大意说：酒能使人脑筋糊涂，非有为青年所宜饮。有害卫生还在其次。又说：中国之贫弱，非关于人民体格不强，实由于人民脑筋糊涂，只顾自己而不管国事之故。说得满堂师友大家拍手。拿讲演比赛的锦标送给他。他有这般的交际手腕和这般的荣誉，因此全校上下对他都有好感。只有他的级任教师微微不满于他，说他的学业成绩太差了。这也难怪，他事务这般忙，哪有工夫对付学业？能够保住六十分，不留级，已是亏他的了。总之，他在人类社会中是像皮球一般圆滑周转的一个人。除了睡眠以外，他几乎没有片刻的孤独生活。"与众乐乐""善与人同，乐取于人以为善"，这种古话都可以送给他作座右铭。他可以访我时必来访我。有时坐片刻就去，如他所说，是"专诚来望望"我的。我从他自己及他的父亲、先生和同学处知道他的性行。

现在离开学很近，恐怕这几天甲学生有些儿怅惘，而乙学生在那儿高兴了。

**1935年立秋**

# 蝌蚪

每度放笔,凭在楼窗上小憩的时候,望下去看见庭中的花台的边上,许多花盆的旁边,并放着一只印着蓝色图案模样的洋瓷面盆。我起初看见的时候,以为是洗衣物的人偶然寄存着的。在灰色而简素的花台的边上,许多形式朴陋的瓦质的花盆的旁边,配置一个机械制造而施着近代图案的精巧的洋瓷面盆,绘画地看来,很不调和,假如眼底展开着的是一张画纸,我颇想找块橡皮来揩去它。

一天、二天、三天,洋瓷面盆尽管放在花台的边上。这表示不是它偶然寄存,而负着一种使命。晚快凭窗欲眺的时候,看见放学出来的孩子们聚在墙下拍皮球。我欲知道洋瓷面盆的意义,便提出来问他们。才知道这面盆里养着蝌蚪,是春假中他们向田里捉来的。我久不来庭中细看,全然没有知道我家新近养着这些小动物;又因面盆中那些蓝色的图案,细碎而繁多,蝌蚪混迹于其间,我从楼窗上望下去,全然看不出来。蝌蚪是我儿时爱玩的东西,又是学童时代在教科书里最感兴味的东西,说起了可以牵惹种种的回想,我便专诚下楼来看它们。

洋瓷面盆里盛着大半盆清水,瓜子大小的蝌蚪十数个,抖着尾巴,急急忙忙地游来游去,好像在找寻甚么东西。孩子们看见我来欣赏他们的作品,大家围集拢来,得意地把关于这作品的种种话告诉我:

"这是从大井头的田里捉来的。"

"是清明那一天捉来的。"

"我们用手捧了来的。"

"我们天天换清水的呀。"

"这好像黑色的金鱼。"

"这比金鱼更可爱!"

"他们为甚么不绝地游来游去?"

"他们为甚么还不变青蛙?"

他们的疑问把我提醒,我看见眼前这盆玲珑活泼的小动物,忽然变成一种苦闷的象征。

我见这洋瓷面盆仿佛是蝌蚪的沙漠。它们不绝地游来游去,是为了找寻食物。它们的久不变成青蛙,是为了不得其生活之所。这几天晚上,附近田里蛙鼓的合奏之声,早已传达到我的床里了。这些蝌蚪倘有耳,一定也会听见它们的同类的歌声。听到了一定悲伤,每晚在这洋瓷面盆里哭泣,亦未可知!它们身上有着泥土水草一般的保护色,它们只合在有滋润的泥土、丰肥的青苔的水田里生活滋长。在那里有它们的营养物,有它们的安息所,有它们的游乐处,还有它们的大群的伴侣。现在被这些孩子们捉了来,关在这洋瓷面盆里,四周围着坚硬的洋铁,全身浸着淡薄的白水,所接触的不是同运命的受难者,便是冷酷的珐琅质。任凭它们镇日急急忙忙地游来游去,终于找不到一种保护它们、慰安它们、生息它们的东西。这在它们是一片渡不尽的大沙漠。它们将以幼虫之身,默默地夭死在这洋瓷面盆里,没有成长变化,而在青草池塘中唱歌跳舞的欢乐的希望了。

这是苦闷的象征,这是象征着某种生活之下的人的灵魂!

我劝告孩子们:"你们只管把蝌蚪养在洋瓷面盆中的清水里,它们不得充分的养料和成长的地方,永远不能变成青蛙,将来统统饿死在这洋瓷面盆里!你们不要当它们金鱼看待!金鱼原是鱼类,可以一辈子长在水里;蝌蚪是两栖类动物的幼虫,它们盼望长大,长大了要上陆,不能长居水里。你看它们急急忙忙的游来游去,找寻食物和泥土,无论如何也找不到,样子多么可怜!"

孩子们被我这话感动了,颦蹙地向洋瓷面盆里看。有几人便问我:"那么,怎么好呢?"

我说:"最好是送它们回家——拿去倒在田里。过几天你们去探访,它们都已变成青蛙,'哥哥,哥哥'地叫你们了。"

孩子们都欢喜赞成,就有两人抬着洋瓷面盆,立刻要送它们回家。

我说:"天将晚了,我们再留它们一夜明天送回去罢。现在走到花台里拿些它们所欢喜的泥来,放在面盆里,可以让它们吃吃,玩玩。也可让它们知道,我们不再虐待它们,我们先当作客人款待它们一下,明天就护送它们回家。"

孩子们立刻去捧泥,纷纷地把泥投进面盆里去。有的人叫着:"轻轻地,轻轻地!看压伤了它们!"

不久,洋瓷面盆底里的蓝色的图案都被泥土遮掩。那些蝌蚪统统钻进泥里,一只都看不见了。一个孩子寻了好久,锁着眉头说:"不要都压死了?"便伸手到水里拿开一块泥来看。但见四个蝌蚪密集在面盆底上的泥的凹洞里,四个头凑在一起,尾巴向外放射,好像在那里共食甚么东西,或者共谈甚么话。忽然一个蝌蚪摇动尾巴,急急忙忙地游了开去。游到别的一个泥洞里去一转,带了别的一个蝌蚪出来,回到原处。五个人聚在一起,五根尾巴一齐抖动起来,成为五条放射形的曲线,样子非常美丽。孩子们呀呀地叫将起来。我也暂时忘记了自己的年龄,附和着他们的声音呀呀地叫了几声。

随后就有几人异口同声地要求:"我们不要送它们回家,我们要养在这里!"我在当时的感情上也有这样的要求;但觉左右为难,一时没有话回答他们,踌躇地微笑着。一个孩子恍然大悟地叫道:"好!我们在墙角里掘一个小池塘倒满了水同田里一样,就把它们养在那里。它们大起来变成青蛙,就在墙角里的地上跳来跳去。"大家拍手说:"好!"我也附和着说:"好!"大的孩子立刻找到种花用的小锄头,向墙角的泥地上去垦。不久,垦成了面盆大的一个池塘。大家说:"够大了,够大了!""拿水来,拿水来!"就有两个孩子扛开水缸的盖,用浇花壶提了一壶水来,倾在新开的小池塘里。起初水满满的,后来被泥土吸收,渐渐地浅起来。大家说:"水不够,水不够。"小的孩子要再去提水,大的孩子说:"不必了,不必了,我们只要把洋瓷面盆里的水连泥和蝌蚪倒进塘里,就正好了。"大家赞成。蝌蚪的迁居就这样地完成了。

夜色朦胧,屋内已经上灯。许多孩子每人带了一双泥手,欢喜地回进屋里去，回头叫着："蝌蚪，再会！""蝌蚪，再会！""明天再来看你们！""明天再来看你们！"一个小的孩子接着说："它们明天也许变成青蛙了。"

洋瓷面盆里的蝌蚪，由孩子们给迁居在墙角里新开的池塘里了。孩子们满怀的希望，等候着它们变成青蛙。我便怅然地想起了前几天遗弃在上海的旅馆里的四只小蝌蚪。

今年的清明节，我在旅中度送。乡居太久了，有些儿厌倦，想调节一下。就在这清明的时节，做了路上的行人。时值春假，一孩子便跟了我走。清明的次日，我们来到上海。十里洋场一看就生厌，还是到城隍庙里去坐坐茶店，买买零星玩意儿，倒有趣味。孩子在市场的一角看中了养在玻璃瓶里的蝌蚪，指着了要买。出十个铜板买了。后来我用拇指按住了瓶上的小孔，坐在黄包车里带它回旅馆去。

回到旅馆，放在电灯底下的桌子上观赏这瓶蝌蚪，觉得很是别致：这真像一瓶金鱼，共有四只。颜色虽不及金鱼的漂亮，但是游泳的姿势比金鱼更为活泼可爱。当它们潜在瓶边上时，我们可以察知它们的实际的大小只及半粒瓜子。但当它们游到瓶中央时，玻璃瓶与水的凸镜的作用把它们的形体放大，变化参差地映入我们的眼中，样子很是好看。而在这都会的旅馆的楼上的五十支光电灯底下看这东西愈加觉得稀奇。这是春日田中很多的东西。要是在乡间，随你要多少，不妨用斗来量。但在这不见自然面影的都会里，不及半粒瓜子大的四只，便已可贵，要装在玻璃瓶内当作金鱼欣赏了，真有些儿可怜。而我们，原是常住在乡间田畔的人，在这清明节离去了乡间而到红尘万丈的中心的洋楼上来鉴赏玻璃瓶里的四只小蝌蚪，自己觉得可笑。这好比富翁舍弃了家里的酒池肉林而加入贫民队里来吃大饼油条；又好比帝王舍弃了上苑三千而到民间来钻穴窥墙。

一天晚上，我正在床上休息的时候，孩子在桌上玩弄这玻璃瓶，一个失手，把它打破了。水泛滥在桌子上，里面带着大大小小的玻璃碎片，蝌蚪躺在桌上的水痕中蠕动，好似涸辙之鱼，演成不可收拾的光景归我来办善后。善后之法，第一要救命。我先拿一只茶杯，去茶房那里要些冷水来，把桌上的四个蝌蚪轻轻地掇进茶杯中，供在镜台上了。然后一一拾去玻璃的碎片，揩干桌子。约费了半小时的扰攘，好容易把善后办完了。去镜台上看看茶杯里的四只蝌蚪，身体都无恙，依然是不绝地游来游去，但形体好像小了些，似乎不是原来的蝌蚪了。以前养在玻璃瓶中的时候，因有凸镜的作用，其形状忽大忽小，变化百出，好看得多。现在倒在茶杯里一看，觉得就只是寻常乡间田里的四只蝌蚪，全不足观。都会真是枪花繁多的地方，寻常之物，一到都会里就了不起。这十里洋场的繁华世界，恐怕也全靠着玻璃瓶的凸镜的作用映成如此光怪陆离。一旦失手把玻璃瓶打破了，恐怕也只是寻常乡间田里的四只蝌蚪罢了。

过了几天，家里又有人来玩上海。我们的房间嫌小了，就改赁大房间。大人、孩子，加以茶房，七手八脚地把衣物搬迁。搬好之后立刻出去看上海。为经济时间计，一天到晚跑在外面，乘车、买物、访友、游玩，少有在旅馆里坐的时候，竟把小房间里镜台上的茶杯里的四只小蝌蚪完全忘却了；直到回家后数天，看到花台边上洋瓷面盆里的蝌蚪的时候，方然忆及。现在孩子们给洋瓷面盆里的蝌蚪迁居在墙角里新开的小池塘里,满怀的希望,等候着它们的变成青蛙。我更怅然地想起了遗弃在上海的旅馆里的四只蝌蚪。不知它们的结果如何?

大约它们已被茶房妙生倒在痰盂里,枯死在垃圾桶里了?妙生欢喜金铃子,去年曾经想把两对金铃子养过冬,我每次到这旅馆时,他总拿出他的牛筋盒子来给我看,为我谈种种关于金铃子的话。也许他能把对金铃子的爱推移到这四只蝌蚪身上,代我们养着,现在世间还有这四只蝌蚪的小性命的存在,亦未可知。

然而我希望它们不存在。倘还存在,想起了越是可哀!它们不是金鱼,不愿住在玻璃瓶里供人观赏。它们指望着生长、发展,变成了青蛙而在大自然的怀中唱歌跳舞。它们所憧憬的故乡,是水草丰足、春泥粘润的田畴间,是映着天光云影的青草池塘。如今把它们关在这商业大都市的中央,石路的旁边,铁筋建筑的楼上,水门汀砌的房笼内,磁制的小茶杯里,除了从自来水龙头上放出来的一勺之水以外,周围都是磁、砖、石、铁、钢、玻璃、电线和煤烟,都是不适于它们的生活而足以致它们死命的东西。世间的凄凉、残酷和悲惨,无过于此。这是苦闷的象征,这象征着某种生活之下的人的灵魂!

假如有谁来报告我这四只蝌蚪的确还存在于那旅馆中,为了象征的意义,我准拟立刻动身,专赴那旅馆中去救它们出来,放乎青草池塘之中。

1934 年 4 月 22 日

# 儿女

回想四个月以前,我犹似押送囚犯,突然地把小燕子似的一群儿女从上海的租寓中拖出,载上火车,送回乡间,关进低小的平屋中。自己仍回到上海的租界中,独居了四个月。这举动究竟出于什么旨意,本于什么计划,现在回想起来,连自己也不相信。其实旨意与计划,都是虚空的,自骗自扰的,实际于人生有什么利益呢?只赢得世故尘劳,作弄几番欢愁的感情,增加心头的创痕罢了!

当时我独自回到上海,走进空寂的租寓,心中不绝地浮起这两句《楞严经》文:"十方虚空在汝心中,犹如白云点太清里,况诸世界在虚空耶!"

晚上整理房室,把剩在灶间里的篮钵、器皿、余薪、余米,以及其他三年来寓居中所用的家常零星物件,尽行送给来帮我做短工的、邻近的小店里的儿子。只有四双破旧的小孩子的鞋子(不知为什么缘故),我不送掉,拿来整齐地摆在自己的床下,而且后来看到的时候常常感到一种无名的愉快。直到好几天之后,邻居的友人过来闲谈,说起这床下的小鞋子阴气迫人,我方始悟到自己的痴态,就把它们拿掉了。

朋友们说我关心儿女。我对于儿女的确关心，在独居中更常有悬念的时候。但我自以为这关心与悬念中，除了本能以外，似乎尚含有一种更强的加味。所以我往往不顾自己的画技与文笔的拙陋，动辄描摹。因为我的儿女都是孩子们，最年长的不过九岁，所以我对于儿女的关心与悬念中，有一部分是对于孩子们——普天下的孩子们——的关心与悬念。他们成人以后我对他们怎么样？现在自己也不能晓得，但可推知其一定与现在不同，因为不复含有那种加味了。

回想过去四个月的悠闲宁静的独居生活，在我也颇觉得可恋，又可感谢。然而一旦回到故乡的平屋里，被围在一群儿女的中间的时候，我又不禁自伤了。因为我那种生活，或枯坐默想，或钻研搜求，或敷衍应酬，比较起他们的天真、健全、活跃的生活来，明明是变态的、病的、残废的。

有一个炎夏的下午，我回到家中了。第二天的傍晚，我领了四个孩子（九岁的阿宝、七岁的软软、五岁的瞻瞻、三岁的阿韦）到小院中的槐荫下，坐在地上吃西瓜。夕暮的紫色中，炎阳的红味渐渐消减，凉夜的青味渐渐加浓起来。微风吹动孩子们的细丝一般的头发，身体上汗气已经全消，百感畅快的时候，孩子们似乎已经充溢着生的欢喜，非发泄不可了。最初是三岁的孩子的音乐的表现，他满足之余，笑嘻嘻摇摆着身子。口中一面嚼西瓜，一面发出一种像花猫偷食时候的"ngam ngam"的声音来。这音乐的表现立刻唤起五岁的瞻瞻的共鸣，他接着发表他的诗："瞻瞻吃西瓜，宝姐姐吃西瓜，软软吃西瓜，阿韦吃西瓜。"这诗的表现又立刻引起了七岁与九岁的孩子的散文的、数学的兴味：他们立刻把瞻瞻的诗句的意义归纳起来，报告其结果："四个人吃四块西瓜。"

于是我就做了评判者，在自己心中批判他们的作品。我觉得三岁的阿韦的音乐的表现最为深刻而完全，最能全般表出他的欢喜的感情。五岁的瞻瞻把这欢喜的感情翻译为（他的）诗，已打了一个折扣；然尚带着节奏与旋律的分子，犹有活跃的生命流露着。至于软软与阿宝的散文的、数学的、概念的表现，比较起来更肤浅一层。然而看他们的态度、全部精神没入在吃西瓜的一事中，其明慧的心眼，比大人们所见完全得多。天地间最健全的心眼，只是孩子们的所有物，世间事物的真相，只有孩子们能最明确、最完全地见到。我比起他们来，真的心眼已经被世智尘劳所蒙蔽、所斫丧，是一个可怜的残废者了。我实在不敢受他们"父亲"的称呼，倘然"父亲"是尊崇的。

我在平屋的南窗下暂设一张小桌子，上面按照一定的秩序而布置着稿纸、信笺、笔砚、墨水瓶、糨糊瓶、时表和茶盘等，不喜欢别人来任意移动，这是我独居时的惯癖。我——我们大人——平常的举止，总是谨慎、细心、端详、斯文。例如磨墨、放笔、倒茶等，都小心从事，故桌上的布置每日依然，不致破坏或扰乱。因为我的手足的筋觉已经由于屡受物理的教训而深深地养成一种谨惕的惯性了。然而孩子们一爬到我的案上，就捣乱我的秩序，破坏我的桌上的构图，毁损我的器物。他们拿起自来水笔来一挥，洒了一桌子又一衣襟的墨水点；又把笔尖蘸在糨糊瓶里。他们用劲拔开毛笔的铜笔套，手背撞翻茶壶，壶盖打碎在地板上……这在当时实在使我不耐烦，我不免哼喝他们，夺脱他们手里的东西，甚至批他们的小颊。然而我立刻后悔：哼喝之后立刻继之以笑，夺了之后立刻加倍奉还，批颊的手在中途软却，终于变批为抚。因为我立刻自悟其非：我要求孩子们的举止同我自己一样，何其乖谬！我——我们大人——的举止谨慎，是为了身体手足的筋觉已经受了种种现实的压迫而痉挛了的缘故。孩子们尚保有天赋的健全的身手与真朴活跃的元气，岂像我们的穷屈？揖让、进退、规行、矩步等大人们的礼貌，犹如刑具，都是戕贼这天赋的健全的身手的。于是活跃的人逐渐变成了手足麻痹、半身不遂的残废者。残废者要求健全者的举止同他自己一样，何其乖谬！

儿女对我的关系如何？我不曾预备到这世间来做父亲，故心中常是疑惑不明，又觉得非常奇怪。我与他们完全是异世界的人，他们比我聪明、健全得多；然而他们又是我所生的儿女。这是何等奇妙的关系！世人以膝下有儿女为幸福，希望以儿女永续其自我，我实在不解他们的心理。我以为世间人与人的关系，最自然最合理的莫如朋友。君臣、父子、昆弟、夫妇之情，在十分自然合理的时候都不外乎是一种广义的友谊。所以朋友之情，实在是一切人情的基础。"朋，同类也。"并育于大地上的人，都是同类的朋友，共为大自然的儿女。世间的人，忘却了他们的大父母，而只知有小父母，以为父母能生儿女，儿女为父母所生，故儿女可以永续父母的自我，而使之永存。于是无子者叹天道之无知，子不肖者自伤其天命，而狂进杯中之物，其实天道有何厚薄于其齐生并育的儿女！我真不解他们的心理。

近来我的心为四事所占据了：天上的神明与星辰，人间的艺术与儿童。这小燕子似的一群儿女，是在人世间与我因缘最深的儿童，他们在我心中占有与神明、星辰、艺术同等的地位。

1928年夏于石门湾平屋

# 梧桐树

寓楼的窗前有好几株梧桐树。这些都是邻家院子里的东西，但在形式上是我所有的。因为它们和我隔着适当的距离，好像是专门种给我看的。它们的主人，对于它们的局部状态也许比我看得清楚；但是对于它们的全体容貌，恐怕始终没看清楚呢。因为这必须隔着相当的距离方才看见。唐人诗云："山远始为容。"我以为树亦如此。自初夏至今，这几株梧桐树在我面前浓妆淡抹，显出了种种的容貌。

当春尽夏初，我眼看见新桐初乳的光景。那些嫩黄的小叶子一簇簇地顶在秃枝头上，好像一堂树灯[1]，又好像小学生的剪贴图案，布置均匀而带幼稚气。植物的生叶，也有种种技巧：有的新陈代谢，瞒过了人的眼睛而在暗中偷换青黄。有的微乎其微，渐乎其渐，使人不觉察其由秃枝变成绿叶。只有梧桐树的生叶，技巧最为拙劣，但态度最为坦白。它们的枝头疏而粗，它们的叶子平而大。叶子一生，全树显然变容。

在夏天，我又眼看见绿叶成荫的光景。那些团扇大的叶片，

---

1 树灯是一种点着许多油灯的树形灯架。

长得密密层层，望去不留一线空隙，好像一个大绿障，又好像图案画中的一座青山。在我所常见的庭院植物中，叶子之大，除了芭蕉以外，恐怕无过于梧桐了。芭蕉叶形状虽大，数目不多，那丁香结要过好几天才展开一张叶子来，全树的叶子寥寥可数。梧桐叶虽不及它大，可是数目繁多。那猪耳朵一般的东西，重重叠叠地挂着，一直从低枝上挂到树顶。窗前摆了几枝梧桐，我觉得绿意实在太多了。古人说"芭蕉分绿上窗纱"，眼光未免太低，只是阶前窗下的所见而已。若登楼眺望，芭蕉便落在眼底，应见"梧桐分绿上窗纱"了。

一个月以来，我又眼看见梧桐叶落的光景。样子真凄惨呢！最初绿色黑暗起来，变成墨绿；后来又由墨绿转成焦黄；北风一吹，它们大惊小怪地闹将起来，大大的黄叶便开始辞枝——起初突然地落脱一两张来，后来成群地飞下一大批来，好像谁从高楼上丢下来的东西。枝头渐渐地虚空了，露出树后面的房屋来，终于只剩几根枝条，回复了春初的面目。这几天它们空手站在我的窗前，好像曾经娶妻生子而家破人亡了的光棍，样子怪可怜的！我想起了古人的诗："高高山头树，风吹叶落去。一去数千里，何当还故处？"现在倘要搜集它们的一切落叶来，使它们一齐变绿，重还故枝，回复夏日的光景，即使仗了世间一切支配者的势力，尽了世间一切机械的效能，也是不可能的事了！回黄转绿世间多，但象征悲哀的莫如落叶，尤其是梧桐的落叶。落花也曾令人悲哀。但花的寿命短促，犹如婴儿初生即死，我们虽也怜惜他，但因对他关系未久，回忆不多，因之悲哀也不深。叶的寿命比花长得多，尤其是梧桐的叶，自初生至落尽，占有大半年之久，况且这般繁茂，这般盛大！眼前高厚浓重的几堆大绿，一朝化为乌有！"无常"的象征，莫大于此了！

但它们的主人，恐怕没有感到这种悲哀。因为他们虽然种植了它们，所有了它们，但都没有看见上述的种种光景。他们只是坐在窗下瞧瞧它们的根干，站在阶前仰望它们的枝叶，为它们扫扫落叶而已，何从看见它们的容貌呢？何从感到它们的象征呢？可知自然是不能被占有的。可知艺术也是不能被占有的。

1935 年 11 月 28 日夜作

# 取名

孩子们的名字,叫惯了似乎是各人出世时就写好在额骨上的,其实都是他们的外公所取定。且据我回想,外公的取名都有深长的用心。想起之后不免记录一些。

阿大是半夜里出世的,很肥胖,哭声甚大,但是女。她的外婆和娘舅都预先来我家等他出世,虽然只等着一个外甥女,但头生,不论男女总是大家欢喜的。次日娘舅回城,我就托他代请外公给阿大取一个名字。过几天收到外公的回信,信内附一张红纸,红纸上面横写着"长命富贵"四个小字,下面直写着"丰陈宝"三个大字。信内说,知道她是夜里出世的,哭声甚大,故引用古典,给她取名"陈宝"。

我不知道古典,检查《辞源》,果然找到了"陈宝"一项,下面写着:"神名,秦文公获若石于陈仓北阪城。祠之。其神来。常于夜。……其声殷殷。以一牢祠之名曰陈宝。见《史记》。"

我一向不懂取名的方法,《康熙字典》里有数万个字,无头无脑,教从何处取起?我叹佩外公的博闻,这真可谓巧立名目。可惜我们的陈宝现在虽已十四岁而在小学毕业了,但只是一个寻常的少女,并不像神,将来不致变为神女。这也可谓名不副实了。

阿二出世时我在东京,没有看她堕地。家人写信告诉我说,这回又是女,她的祖母和外婆略微有些失望。外公已给她取名叫作"麟先"。这回不必翻《辞源》,我也知道外公的用心了:"麟之趾,振振公子。"麟是男儿,先是先行,麟先就是男儿的先行。外公的意思,这女儿是将来的男儿的先锋。换言之,我们的阿二非为自己做人而投生,只是为男的阿三报信而来的。总言之,将来的阿三定要他是男。

但麟先也是名不副实的,他不能尽先锋之职,终于引出了一个女的阿三来。这回失望的不但祖母和外婆,外公一定更甚。但祖母用心尤深:阿三临盆的一天,她袋里预先藏着一只洋钉和两粒黄豆。听见阿三的呱呱声之后,没有稳婆的"恭喜"声,便把洋钉和两粒黄豆投在胞瓶里,这叫作"演样"。这样一来,将来的阿四身上一定带了一只洋钉和两粒黄豆的东西而出世。故失望之余,大家还是放心。不过对于这滥竽的阿三大家很冷淡,没有人提出给她取名字的话。外公也不寄红纸来。起初大家叫她"小毛头"或"阿三",后来乳母在眠歌里偶然唱了一声"三宝宝",从此大家就自然地叫她"三宝"。三是她的排行,宝是女孩子的通称(嘉兴人称女儿为宝宝),这名字确是很自然的。但没有外公写在红纸上,终非名正言顺。这无名的三宝终在四岁[1]上辞职而去。不称职的麟先似乎怕被革职,她入学之后自己把名字改写为"林仙"了。

---

[1] 应为两岁。

阿四出世在我所旅食的他乡，祖母投在胞瓶里的一只洋钉和两粒黄豆，果然移在他身上了。祖母在故乡得信后，连忙做寿桃分送诸亲百眷。外公信里附一张红纸来，红纸上头横写着"长命富贵"，下面直写着"丰华赡"。并在信里说："赡是丰足的意思。"外公的深长用心真使我感动。那时我从东京回来，负了一身债，家累又日重一日，生活窘迫得很。故外公的意思，明白地说，是"有了儿子以后，还要有钱"。我家虽然此后增出了一个乳母的开销，但有儿子名"赡"，似乎也就胆大了。

阿五又是男，块头大得很，外公给他取名奇伟。但他负了这大名，到五岁上就死去。阿六又是男的，外公给他取名元草。这里的用意我可不知，也没有问外公。将来我到地下，倘遇见我的岳父一定要补问。生到阿六，我家子女稍稍嫌多了，但钱却还是不多。这恐怕是阿四的"赡"字常常被人误写为"瞻"字的缘故。不然，阿四也是名不副实的。

最后的阿七在肚里的时候就被惹厌，问起的人都说"又要生了？"生的时候也没有人盼望他是男，她就做了女。外公给她取名一宁。又在信上告诉我们说，一宁是"得一以宁"之意。明白地说，就是"生了这一个不可再生，免得烦恼"。一宁总算听外公的话的，今年五岁了，没有弟妹。

1933 年 6 月 25 日于石门湾

# 爱子之心

吾乡风俗，给孩子取名常用"丫头""小狗""和尚"等。倘到村庄上去调查起来，可见每个村庄上名叫丫头的一定不止一个，有大丫头，小丫头等；名叫和尚的也一定不止一个，有三和尚，四和尚等。不但村庄上如此，镇上，城里，也有着不少的"丫头""小狗"和"和尚"。名叫丫头的有时是一个老头子。名叫小狗的有时是一条大汉，名叫和尚的有时是一个富商。我在闻名见面时，往往忍不住要笑出来。

这种名字当然不是本人自己要取的，原是由乳名沿用而来的，但他们的父母为什么给他们取这种乳名呢？窥察他们的用意，大概出于爱子之心。这种人的孩子时代大概是宠儿或独子。父母深恐他们不长养，因而给他们取这种名字。

为什么给孩子取名"丫头""小狗"，或"和尚"，孩子便会长养呢？窥察他们的理论是这样：世间可贵的东西往往容易丧失，而贱的东西偏生容易长养。故要宠儿或独子长养，只要在名义上把他们假装为贱的，死神便受他们的欺骗，不会来光顾了。故普通给孩子取名，大都取个福生、寿生、富生，或贵生；但给宠儿或独子取名，这等好字眼都用不着。并非不要他有福、有寿、大富、大贵，只因宠儿或独子，本身已经太贵而有容易丧失的危险。欲杜死神的觊觎而防危险，正宜取最贱的称呼。他们以为世间贱的东西，是女人、畜生和和尚。故宠儿或独子的名字取了"丫头""小狗"，或"和尚"，死神听见了便以为他真是丫头，真是和尚，或者真是一只小狗，就放他壮健地活在世上了。

"丫头"这称呼，在吾乡有两种用法：镇上人称使女为丫头，乡下人称女儿为丫头。无论为使女或女儿，总之，丫头就是女孩子。女人是贱的，女孩子是女人中之小者，故丫头犹言"小贱人"。以此称呼宠儿或独子给死神听，最为稳当。故一村之中，名叫丫头的一定不止一个。

畜生的贱，不言可知，但其中最贱的是狗，因为它是吃屎的。故宠儿独子只要实际不吃屎，不妨取名小狗。

至于和尚，在吾乡也是贱的东西。把儿子卖给寺里做小和尚，丰年也只卖三块钱一岁，荒年白送也没有人要。这样看来，小和尚比猪羊等畜生更贱。故名叫和尚的孩子尤多。但又有人说，这名字除此以外还有一种法力：和尚是修行的，修行是积福积寿的。取名为和尚，可免修行之苦，而得福寿之利，也是一种不劳而获的方法。

1933 年 6 月 29 日

# 儿戏

楼下忽然起了一片孩子们暴动的声音。他们的娘高声喊着:"两只雄鸡又在斗了,爸爸快来劝解!"我不及放下手中的报纸,连忙跑下楼来。

原来是两个男孩在打架:六岁的元草要夺九岁的华瞻的木片头,华瞻不给,元草哭着用手打他的胸;华瞻也哭着,双手擎起木片头,用脚踢元草的腿。

我放下报纸,把身体插入两孩子的中间,用两臂分别抱住了两孩子,对他们说:"不许打!为的啥事体?大家讲!"元草竭力想摆脱我的手臂而向对方进攻,一面带哭带嚷地说:"他不肯给我木片头!他不肯给我木片头!"似乎这就是他打人的正当理由。华瞻究竟比他大了三岁,最初静伏在我的臂弯里,表示不抵抗而听我调解,后来吃着口声辩:"这些木片头原是我的!他要夺,我不给,他就打我!"元草用哭声接着说:"他踢我!"华瞻改用直接交涉,对着他说:"你先打!"在旁作壁上观的宝姐姐发表意见:"轻记还重记,先打呒道理!"背后另一人又发表一种舆论:"君子开口,小人动手!"我未及下评判,元草已猛力退出我的手臂,突然向对方袭击。他们的娘看我排解无效，赶过来将元草擒去，抱在怀里，用甘言骗住他。我也把华瞻抱在怀里，用话抚慰他。两孩子分别占据了两亲的怀里，暴动方始告终。这时候，"五香——豆腐干"的叫声在后门外亲切地响着，把脸上挂着眼泪的两孩子一齐从我们的怀里叫了出去。我拿了报纸重回楼上去的时候，已听到他们复交后的笑谈声了。

但我到了楼上，并不继续看报。因为我看刚才的事件，觉得比看报上的国际纷争直截明了得多。我想：世间人与人的对待，小的是个人对个人，大的是团体对团体。个人对待中最小的是小孩对小孩，团体对待中最大的是国家对国家。在文明的世间，除了最小的和最大的两极端而外，人对人的交涉，总是用口的说话来讲理，而不用身体的武力来相打的。例如要掠夺，也必用巧妙的手段；要侵占，也必立巧妙的名义。所谓"攻击"也只是辩论，所谓"打倒"也只是叫喊。故人对人虽怀怨害之心，相见还是点头握手，敷衍应酬。虽然也有用武力的人，但"君子开口，小人动手"，开化的世间是不通行用武力的。其中唯有最小的和最大的两极端不然：小孩对小孩的交涉，可以不讲理，而通行用武力来相打；国家对国家的交涉，也可以不讲理，而通行用武力来战争。战争就是大规模的相打。可知凡物相反对的两极端相通似，或相等。国际的事如儿戏，或等于儿戏。

1932 年

# 幸福儿童

邻家的小朋友黄昏到我家来玩,看见了我总说:"公公讲故事!"公公肚里的故事讲完了,只得回忆过去,把旧时的见闻讲给他们听,聊以塞责。有一晚,讲新中国成立前黑暗社会里的儿童的不幸,我说:"我们现在所住的地方,从前是外国人管的,叫作法租界。住在这里的外国人很凶,中国人很苦。我有一个朋友,家住在这里。他出门到远地方去了,家里只剩一个妈妈和两个孩子,一个男的八岁,一个女的六岁。有一次,这两个孩子饿了三天,没有吃饭!"小朋友睁大了眼睛问:"为什么?为什么?"我继续讲:"那一天早上,两个孩子还没有起来,妈妈提了篮出门去买米。有一个外国小孩在路上跌了一跤,外国小孩的妈妈看见她走在小孩旁边,就硬说是她把他推倒的,拉住了她,喊起巡捕来。那巡捕见外国人怕,见中国人欺侮,就把这妈妈拉到巡捕房里,把她关进牢监里,关了三天。两个孩子在家里等妈妈回来烧早饭吃,等了一天不回来,等了两天不回来;等到第三天晚上,妈妈才哭着回来,一看,两个孩子躺在地板上,一动也不动,快饿死了,因为三天没有吃饭了。"小朋友大家提出质问。有一个说:"他们为什么不到隔壁人家去吃饭呢?"我说:"那时候隔壁人家是不来往的,死了人也不管。"另一个问:"他们为什么不到食堂里去吃饭呢?"我说:"那时候没有食堂,要吃饭只有自家烧。"第三个小朋友问:"那么他们为什么不到你家去吃饭呢?"我说:"我家住的地方很远,正像小冰家到这里一样远,两个孩子自己怎么会去呢?"——小冰者,就是我外孙,他的弟弟叫毛头,那时两人都不满十岁,星期天常常自己乘电车到我家来玩,和邻家的小朋友很要好的。——这小朋友就反驳:"那么,小冰和毛头为什么自己会来?"我说:"那时候上海坏人多,小孩子独自出门要被人欺侮,或者被人拐去,不像现在那样……"我说到这里,心中赫然地显出一幅新旧社会明暗对比图,就不期地拍着这几个小朋友的肩膀说:"你们真是幸福儿童啊!"

在现今的新社会里,儿童真幸福呢!就像今晚,里弄里的儿童到我家来玩,要公公讲故事,这种情况恐怕也是住过旧上海的人所不能想象的吧。在从前,上海地方五方杂处,良莠不齐。邻人一概不认识。即使一家住在楼上,一家住在楼下,也绝不往来,绝不招呼。所以居民一有缓急,除非有亲戚朋友来支援,邻人是死活不管的。现在呢,这个中国最大的都市里,不止五方杂处,然而人们都互相亲善了。里弄居民守望相助,痛痒相关。所谓"远亲不及近邻"这句古话,在黑暗的旧社会里一时失却了意义,在光明的新社会里重新恢复其真理了。

里弄有食堂可以供居民吃饭,这也是新社会居民的新幸福之一。在从前,各家必须各自买菜、生火、煮饭。即使一家只有一两个人,也得另起炉灶。即使十分烦忙,也得自己造饭。现在各里弄都有了食堂。居民如果有空,或者欢喜自己弄点小菜吃吃，就在自己家里做饭；如果人少或很忙，没有工夫买菜、生火、煮饭、洗碗，那么就可到食堂里去吃。这真是价廉物美、童叟无欺的。因为食堂是居民自己办的，没有人从中剥削。如果母亲不回来，孩子可以自由地到食堂吃饭。食堂里的服务员就是邻人，都认识孩子们，就像母亲一样照顾孩子们。所以我邻家的小朋友们都不相信我那朋友家的两个孩子饿了三天。

新上海的电车、汽车的司机和售票员，和旧上海的大大地不同了。他们都照顾乘客，尤其是老人和小孩。像我这样的老人，无论电车怎样拥挤，一上车就有人让座位。我的外孙小冰和毛头，住在虹口四平路，离开我家十多里路，来时要转两次或三次电车。然而小冰八九岁上就独自乘电车来望外公外婆。有时吃了夜饭，玩了一会，到八九点钟才回家。然而一向平安无事。因为司机、售票员和乘客都照顾小孩，他们就同跟着父母出门一样。有一个星期天早晨，他的七岁的弟弟毛头忽然一个人来了。我吃惊地问："你一个人会来的？"他说："哥哥有事，我一个人来了。"我问："你会上电车的？"他说："有一次人多，上车是一个解放军叔叔抱我上去的；下车是售票员抱我下来的。"

这种社会状况我现在已经看惯，不足为奇了。那天晚上被邻家的几个小朋友一问，我才深切地感到新旧社会的明暗之别，和新旧时代儿童的幸不幸之差，就在儿童节上写这篇随笔，告诉侨居海外的家长和儿童。

1961年儿童节前于上海

# 我的苦学经验

我于一九一九年,二十二岁的时候,毕业于杭州的浙江省立第一师范学校。这学校是初级师范。我在故乡的高等小学毕业,考入这学校,在那里肄业五年而毕业。故这学校的程度,相当于现在的中学校,不过是以养成小学教师为目的的。

但我于暑假时在这初级师范毕业后,既不作小学教师,也不升学,却就在同年的秋季,来上海创办专门学校,而作专门科的教师了。这种事情,现在我自己回想也觉得可笑。但当时自有种种的因缘,使我走到这条路上。因缘者何?因为我是偶然入师范学校的,并不是抱了做小学教师的目的而入师范学校的(关于我的偶然入师范,现在属于题外,不便详述。异日拟另写一文,以供青年们投考的参考)。故我在校中只是埋头攻学,并不注意于教育。在四年级的时候,我的兴味忽然集中在图画上了。甚至抛弃其他一切课业而专习图画,或托事请假而到西湖上去作风景写生。所以我在校的前几年,学期考试的成绩屡列第一名,而毕业时已降至第二十名。因此毕业之后,当然无意于做小学教师,而希望发挥自己所热衷的图画。但我的家境不许我升学而专修绘画。正在踌躇之际,恰好有同校的高等师范图画手工专修科毕业的吴梦非君，和新从日本研究音乐而归国的旧同学刘质平君，计议在上海创办一个养成图画音乐手工教员的学校，名曰专科师范学校。他们正在招求同人。刘君知道我热衷于图画而又无法升学，就来拉我去帮办。我也不自量力，贸然地答允了他。于是我就做了专科师范的创办人之一，而在这学校之中教授西洋画等课了。这当然是很勉强的事。我所有关于绘画的学识，不过在初级师范时偷闲画了几幅木炭石膏模型写生，又在晚上请校内的先生教些日本文，自己向师范学校的藏书楼中借得一部日本明治年间出版的《正则洋画讲义》，从其中窥得一些陈腐的绘画知识而已。我犹记得，这时候我因为自己只有一点对于石膏模型写生的兴味，故竭力主张"忠实写生"的画法，以为绘画以忠实模写自然为第一要义。又向学生演说，谓中国画的不忠于写实，为其最大的缺点；自然中含有无穷的美，唯能忠实于自然模写者，方能发见其美。就拿自己在师范学校时放弃了晚间的自修课而私下在图画教室中费了十七小时而描成的Venus（维纳斯）头像的木炭画揭示学生，以鼓励他们的忠实写生。当一九二〇年的时代，而我在上海的绘画专门学校中厉行这样的画风，现在回想起来，真是闭门造车。然而当时的环境，颇能容纳我这种教法。因为当时中国宣传西洋画的机关绝少，上海只有一所美术专门学校，专科师范是第二个兴起者。当时社会上人士，大半尚未知道西洋画为何物，或以为美女月份牌就是西洋画的代表，或以为香烟牌子就是西洋画的代表。所以在世界上看来我虽然是闭门造车，但在中国之内，我这种教法大可卖野人头（源出本世纪[1]初上海租界一些犹太人以西洋人体模型的头冒充野人头，骗取观众钱财，后用作欺骗人、使人上当之意）呢。但野人头终于不能常卖，后来我渐渐觉得自己的教法陈腐而有破绽了，因为上海宣传西洋画的机关日渐多起来，从东西洋留学归国的西洋画家也时有所闻了。我又在上海的日本书店内购得了几册美术杂志，从中窥知了一些最近西洋画界的消息，以及日本美术界的盛况，觉得从前在《正则洋画讲义》中所得的西洋画知识，实在太陈腐而狭小了。虽然别的绘画学校并不见有比我更新的教法，归国的美术家也并没有什么发表，但我对于自己的信用已渐渐丧失，不敢再在教室中扬眉瞬目而卖野人头了。我懊悔自己冒昧地当了这教师。我在布置静物写生标本的时候，曾为了一只青皮的橘子而起自伤之念，以为我自己犹似一只半生半熟的橘子，现在带着青皮卖掉，给人家当作习画标本了。我想窥见西洋画的全豹，我也想到东西洋去留学，做了美术家而归国。但是我的境遇不许我留学。况且我这时候已经有了妻子。做教师所得的钱，赡养家庭尚且不够，哪里来留学的钱呢？经过了许久烦恼的日月，终于决定非赴日本不可。我在专科师范中当了一年半的教师，在一九二一年的早春，向我的姐丈周印池君借了四百块钱（这笔钱我才于一九二三年前还他。我很感谢他第一个惠我的同情），就独自冒险地到东京去了。得去且去，以后的问题以后再说。至少，我用完了这四百块钱而回国，总得看一看东京美术界的状况了。

---

[1] 即20世纪初。

但到了东京之后，就有许多关切的亲戚朋友，设法接济我的经济。我的岳父给我约了一个一千元的会，按期寄洋钱给我，专科师范的同人吴刘二君，亦各以金钱相遗赠，结果我一共得了约二千块钱，在东京维持了足足十个月的用度，到了同年的冬季，金尽而返国。这一去称为留学嫌太短，称为旅行嫌太长，成了三不像的东西。同时我的生活也是三不像的。我在这十个月内，前五个月是上午到洋画研究会中去习画，下午读日本文。后五个月废止了日本文，而每日下午到音乐研究会中去学提琴，晚上又去学英文。然而各科都常常请假，拿请假的时间来参观展览会，听音乐会，访图书馆，看opera（歌剧）以及游玩名胜，钻旧书店，跑夜摊（yomise）。因为这时候我已觉悟了各种学问的深广，我只有区区十个月的求学时间，决不济事。不如走马看花，吸呼一些东京艺术界的空气而回国吧。幸而我对于日本文，在国内时已约略懂得一点，会话也早已学得了几声。到东京后，旅舍中唤茶、商店中买物等事，勉强能够对付。我初到东京的时候，随了众同国人入东亚预备学校学习日语，嫌其程度太低，教法太慢，读了几个礼拜就辍学。自己异想天开，为了学习日本语的目的，向一个英语学校的初级班报名，每日去听讲两小时。他们是从a boy, a dog（一个男孩，一只狗）教起的，所用的英文教本与开明第一英文读本程度相同。对于英文我已完全懂得，我的目的是要听这位日本先生怎样地用日本语来解说我所已懂得的英文，便在这时候偷取日本语会话的诀窍，这异想天开的办法果然成功了。我在那英语学校里听了一个月讲，果然于日语会话及听讲上获得了很多的进步。同时看书的能力也进步起来。本来我只能看《正则洋画讲义》一类的刻板的叙述体文字，现在连《不如归》和《金色夜叉》（日本旧时很著名的两部小说）都会读了。我的对于文学的兴味，是从这时候开始的。以后我就为了学习英语的目的而另入一英语学校。我报名入最高的一班，他们教我读伊尔文的Sketch Book(指美国作家华盛顿·欧文的《见闻杂记》）。这时候我方才知道英文中有这许多难记的生字（我在师范学校毕业时只读到《天方夜谭》）。兴味一浓，我便嫌先生教得太慢。后来在旧书店里找到了一册Sketch Book讲义录，内有详细的注解和日译文，我确信这可以自修，便辍了学，每晚伏在东京的旅舍中自修Sketch Book。我自己限定于几个礼拜之内把此书中所有一切生字抄写在一张图画纸上，把每字剪成一块块的纸牌，放在一只匣子中。每天晚上，像摸数算命一般地向匣子中探摸纸牌，温习生字。不久生字都记诵，Sketch Book全部都会读，而读起别的英语小说来也很自由了。路上遇见英语学校的同学，询知道他们只教了全书的几分之一，我心中觉得非常得意。从此我对于学问相信用机械的方法而下苦功。知识这样东西，要其能够应用，分量原是有限的。我们要获得一种知识，可以先定一个范围，立一个预算，每日学习若干，则若干日可以学毕，然后每日切实地实行，非大故不准间断，如同吃饭一样。照我当时的求学的勇气预算起来，要得各种学问都不难：东西洋知名的几册文学大作品，我可以克日读完；德文法文等，我都可以依赖各种自修书而在最短时期内学得读书的能力；提琴教则本 *Hohmann* (《霍曼》）五册，我能每日练习四小时而在一年之内学毕；除了绘画不能硬要进步以外，其余的学问，在我都可以用机械的用功方法来探求其门径。然而这都是梦想，我的正式求学的时间只有十个月，能学得几许的学问呢？我回国之后，回想在东京所得的，只是描了十个月的木炭画，拉完了三本 Hohmann，此外又带了一些读日本文和读英文的能力而回国。回国之后，我为了生活和还债，非操职业不可。没有别的职业可操。只得仍旧做教师。一直做到了今年的秋季。十年来我不断地在各处的学校中做图画音乐或艺术理论的教师。一场重大的伤寒病令我停止了教师的生活。现在蛰居在嘉兴的穷巷老屋中，伴着了药炉茶灶而写这篇稿子。

故我出了中学以后，正式求学的时期只有可怜的十个月。此后都是非正式的求学，即在教课的余暇读几册书而已。但我的绘画音乐的技术，从此日渐荒废了。因为技术不比别的学问，需要种种的设备，又需要每日不断的练习时间。研究绘画须有画室，研究音乐须有乐器，设备不周就无从用功。停止了几天，笔法就生疏，手指就僵硬。做教师的人，居处无定，时间又无定，教课准备又忙碌，虽有利用课余以研究艺术的梦想，但每每不能实行。日久荒废更甚。我的油画箱和提琴，久已高搁在书橱的最高层，其上积着寸多厚的灰尘了。手痒的时候，拿毛笔在废纸上涂抹，偶然成了那种漫画。口痒的时候，在口琴上吹奏简单的旋律，令家里的孩子们和着了唱歌，聊以慰藉我对于音乐的嗜好。世间与我境遇相似而酷嗜艺术的青年们，听了我的自述，恐要寒心吧！

但我幸而还有一种可以自慰的事，这便是读书。我的正式求学的十个月，给了我一些阅读外国文的能力。读书不像研究绘画音乐地需要设备，也不像研究绘画音乐地需要每日不断的练习。只要有钱买书，空的时候便可阅读。我因此得在十年的非正式求学期中读了几册关于绘画、音乐艺术等的书籍，知道了世间的一些些事。我在教课的时候，常把自己所读过的书译述出来，给学生们做讲义。后来有朋友开书店，我乘机把这些讲义稿子交他刊印为书籍。不期地走到了译著的一条路上。现在我还是以读书和译著为生活。回顾我的正式求学时代，初级师范的五年只给我一个学业的基础，东京的十个月间的绘画音乐的技术练习已付诸东流。独有非正式求学时代的读书，十年来一直随伴着我，慰藉我的寂寥，扶持我的生活。这真是以前所梦想不到的偶然的结果。我的一生都是偶然的，偶然入师范学校，偶然欢喜绘画音乐，偶然读书，偶然译著，此后真不知还要逢到何种偶然的机缘呢。

读我这篇自述的青年诸君！你们也许以为我的读书生活是幸运而快乐的；其实不然，我的读书是很苦的。你们都是正式求学，正式求学可以堂堂皇皇地读书，这才是幸运而快乐的。但我是非正式求学，我只能伺候教课的余暇而偷偷隐隐地读书。做教师的人，上课的时候当然不能读书，开议会的时候不能读书，监督自修的时候也不能读书，学生课外来问难的时候又不能读书，要预备明天的教授的时候又不能读书。担任了它一小时的功课，便是这学校的先生，便有参加议会、监督自修、解答问难、预备教授的义务；不复为自由的身体，不能随了读书的兴味而读书了。我们读书常被教务所打断，常被教务所分心，决不能像正式求学的诸君的专一。所以我的读书，不得不用机械的方法而下苦功，我的用功都是硬做的。

我在学校中，每每看见用功的青年们，闲坐在校园里的青草地上，或桃花树下，伴着了蜂蜂蝶蝶、燕燕莺莺，手执一卷而用功。我羡慕他们，真像潇洒的林下之士！又有用功的青年们，拥着棉被高枕而卧在寝室里的眠床中，手执一卷而用功。我也羡慕他们，真像耽书的大学问家！有时我走近他们去，借问他们所读为何书，原来是英文数学或史地理化，他们是在预备明天的考试。这使我更加要羡慕煞了。他们能用这样轻快闲适的态度而研究这类知识科学的书，岂真有所谓"过目不忘"的神力么？要是我读这种书，我非吃苦不可。我须得埋头在案上，行种种机械的方法而用笨功，以硬求记诵。诸君倘要听我的笨话，我愿把我的笨法子一一说给你们听。

在我，只有诗歌、小说、文艺，可以闲坐在草上花下或偃卧在眠床中阅读。要我读外国语或知识学科的书，我必须用笨功。请就这两种分述之。

第一，我以为要通一国的国语，须学得三种要素，即构成其国语的材料、方法，以及其语言的腔调。材料就是"单语"，方法就是"文法"，腔调就是"会话"。我要学得这三种要素，都非行机械的方法而用笨功不可。

"单语"是一国语的根底。任凭你有何等的聪明力，不记单语决不能读外国文的书，学生们对于学科要求伴着趣味，但谙记生字极少有趣味可伴，只得劳你费点心了。我的笨法子即如前所述，要读 Sketch Book，先把 Sketch Book 中所有的生字写成纸牌，放在匣中，每天摸出来记诵一遍。记牢了的纸牌放在一边，记不牢的纸牌放在另一边，以便明天再记。每天温习已经记牢的字，勿使忘记。等到全部记诵了，然后读书，那时候便觉得痛快流畅，其趣味颇足以抵偿摸纸牌时的辛苦。我想熟读英文字典，曾统计字典上的字数，预算每天记诵二十个字，若干时日可以记完。但终于未曾实行。倘能假我数年正式求学的日月，我一定已经实行这计划了。因为我曾仔细考虑过，要自由阅读一切的英语书籍，只有熟读字典是最根本的善法。后来我向日本购买一册《和英根底一万语》（在日文中，日本国又称"大和"，故"和英"即"日英"之意），假如其中一半是我所已知的，则每天记二十个字，不到一年就可记完，但这计划实行之后，终于半途而废。阻碍我的实行的，都是教课。记诵《和英根底一万语》的计划，现在我还保留在心中，等候实行的机会呢。我的学习日本语，也是用机械的硬记法。在师范学校时，就在晚上请校中的先生教日语。后来我买了一厚册的《日语完璧》，把后面所附的分类单语，用前述的方法一一记诵。当时只是硬记，不能应用，且发音也不正确；后来我到了日本，从日本人的口中听到我以前所硬记的单语，实证之后，我脑际的印象便特别鲜明，不易忘记。这时候的愉快也很可以抵偿我在国内硬记时的辛苦。这种愉快使我甘心消受硬记的辛苦，又使我始终确信硬记单语是学外国语的最根本的善法。

关于学习"文法"，我也用机械的笨法子。我不读文法教科书，我的机械的方法是"对读"。例如拿一册英文圣书和一册中文圣书并列在案头，一句一句地对读。积起经验来，便可实际理解英语的构造和各种词句的腔调。圣书之外,他种英文名著和名译,我亦常拿来对读。日本有种种英和对译丛书,左页是英文,右页是日译,下方附以注解。我曾从这种丛书得到不少的便利。文法原是本于论理的,只要论理的观念明白,便不学文法,不分 noun(名词)与 verb(动词)亦可以读通英文。但对读的态度当然是要非常认真。须要一句一字地对勘,不解的地方不可轻轻通过,必须明白了全句的组织,然后前进。我相信认真地对读几部名作,其功效足可抵得学校中数年英文教科。——这也可说是无福享受正式求学的人的自慰的话;能入学校中受先生教导,当然比自修更为幸福。我也知道入学是幸福的,但我真犯贱,嫌它过于幸福了。自己不费钻研而袖手听讲,由先生拖长了时日而慢慢地教去。幸福固然幸福了,但求学心切的人怎能耐烦呢?求学的兴味怎能不被打断呢?学一种外国语要拖长许久的时日,我们的人生有几回可供拖长呢?语言文字,不过是求学问的一种工具,不是学问的本身。学些工具都要拖长许久的时日,此生还来得及研究几许学问呢?拖长了时日而学外国语,真是俗语所谓"拉得被头直,天亮了"!我固然无福消受入校正式求学的幸福;但因了这个理由,我也不愿消受这种幸福,而宁愿独自来用笨功。

关于"会话",即关于言语的腔调的学习,我又喜用笨法子。学外国语必须通会话。与外国人对晤当然须通会话,但自己读书也非通会话不可。因为不通会话,不能体会语言的腔调;腔调是语言的神情所寄托的地方,不能体会腔调,便不能彻底理解诗歌小说戏剧等文学作品的精神。故学外国语必须通会话。

能与外国人共处，当然最便于学会话。但我不幸而没有这种机会，我未曾到过西洋，我又是未到东京时先在国内自习会话的。我的学习会话，也用笨法子，其法就是"熟读"。我选定了一册良好而完全的会话书，每日熟读一课，克期读完。熟读的方法更笨，说来也许要惹人笑。我每天自己上一课新书，规定读十遍。计算遍数，用选举开票的方法，每读一遍，用铅笔在书的下端划一笔，便凑成一个字。不过所凑成的不是选举开票用的"正"字，而是一个"讀"[1]字。例如第一天读第一课，读十遍，每读一遍画一笔，便在第一课下面画了一个"言"字旁和一个"士"字头。第二天读第二课，亦读十遍，亦在第二课下面画一个"言"字和一个"士"字，继续又把昨天所读的第一课温习五遍，即在第一课的下面加了一个"四"字。第三天在第三课下画一"言"字和"士"字，继续温习昨日的第二课，在第二课下面加一"四"字，又继续温习前日的第一课，在第一课下面再加了一个"目"字。第四天在第四课下面画一"言"字和一"士"字，继续在第三课下加一"四"字，第二课下加一"目"字，第一课下加一"八"字，到了第四天而第一课下面的"讀"字方始完成。这样下去，每课下面的"讀"字，逐一完成。"讀"字共有二十二笔，故每课共读二十二遍，即生书读十遍，第二天温五遍，第三天又温五遍，第四天再温二遍。故我的旧书中，都有铅笔画成的"讀"字，每课下面有了一个完全的"讀"字，即表示已经熟读了。这办法有些好处：分四

---

[1] 为"读"的繁体字，尊重原著，保留繁体写法。

天温习，屡次反复，容易读熟。我完全信托这机械的方法，每天像和尚念经一般地笨读。但如法读下去，前面的各课自会逐渐地从我的唇间背诵出来，这在我又感得一种愉快，这愉快也足可抵偿笨读的辛苦，使我始终好笨而不迁。会话熟读的效果，我于英语尚未得到实证的机会，但于日本语我已经实证了。我在国内时只是笨读，虽然发音和语调都不正确，但会话的资料已经完备了。故一听了日本人的说话，就不难就自己所已有的资料而改正其发音和语调，比较到了日本而从头学起来的，进步快速得多。不但会话，我又常从对读的名著中选择几篇自己所最爱读的短文，把它分为数段，而用前述的笨法子按日熟读。例如 Stevenson（斯蒂文生）和夏目漱石的作品，是我所最喜熟读的材料。我的对于外国语的理解，和对于文学作品的理解，都因了这熟读的方法而增进一些。这益使我始终好笨而不迁了。以上是我对于外国语的学习法。

第二，对于知识学科的书的读法，我也有一种见地：知识学科的书，其目的主要在于事实的报告；我们读史地理化等书，亦无非欲知道事实。凡一种事实，必有一个系统。分门别类，源源本本，然后成为一册知识学科的书。读这种书的第一要点，是把握其事实的系统。即读者也须源源本本地暗记其事实的系统，却不可从局部着手。例如研究地理，必须源源本本地探求世界共分几大洲，每大洲有几国，每国有何种山川形胜等。则读毕之后，你的头脑中就摄取了地理的全部学问的梗概，虽然未曾详知各国各地的细情，但地理是什么样一种学问，我们已经知道了。反之，若不从大处着眼，而孜孜从事于局部的记忆，即使你能背诵喜马拉雅山高几尺，尼罗河长几里，也只算一种零星的知识，却不是研究地理。故把握系统，是读知识学科的书籍的第一要点。头脑清楚而记忆力强大的人，凡读一书，能处处注意其系统，而在自己的头脑中分门别类，作成井然的条理；虽未看到书中详叙细事的地方，亦能知道这详叙位在全系统中哪一门哪一类哪一条之下，及其在全部中重要程度如何。这仿佛在读者的头脑中画出全书的一览表，我认为这是知识书籍的最良的读法。

但我的头脑没有这样清楚，我的记忆力没有这样强大。我的头脑中地位狭窄，画不起一览表来。倘教我闲坐在草上花下或偃卧在眠床中而读知识学科的书，我读到后面便忘记前面。终于弄得条理不分，心烦意乱，而读书的趣味完全灭杀了。所以我又不得不用笨法子。我可用一本notebook（笔记本）来代替我的头脑，在notebook中画出全书的一览表。所以我读书非常吃苦，我必须准备了notebook和笔，埋头在案上阅读。读到纲领的地方，就在notebook上列表，读到重要的地方，就在notebook上摘要。读到后面，又须时时翻阅前面的摘记，以明此章此节在全体中的位置。读完之后，我便抛开书籍，把notebook上的一览表温习数次。再从这一览表中摘要，而在自己的头脑中画出一个极简单的一览表。于是这部书总算读过了。我凡读知识学科的书，必须用notebook摘录其内容的一览表。所以十年以来，积了许多的notebook，经过了几次迁居损失之后，现在的废书架上还留剩着半尺多高的一堆notebook呢。

我没有正式求学的福分，我所知道于世间的一些些事，都是从自己读书而得来的；而我的读书，都须用上述的机械的笨法子。所以看见闲坐在青草地上，桃花树下，伴着了蜂蜂蝶蝶、燕燕莺莺而读英文数学教科书的青年学生，或拥着棉被高枕而卧在眠床中读史地理化教科书的青年学生，我羡慕得真要怀疑！

1930 年 11 月 13 日

第三章

# 甘美的回味

我至今还忘不了这种好滋味。

但是让家里人照烧起来，总不及童年时的好吃，

怪哉！

# 甘美的回味

有一次我偶得闲暇,温习从前所学过的弹琴课。一位朋友拍拍我的肩膀说道:"你们会音乐的真是幸福,寂寞起来弹一曲琴,多么舒服!唉,我的生活太枯燥了。我几时也想学些音乐,调剂调剂呢。"

我不能首肯于这位朋友的话,想向他抗议。但终于没有对他说什么。因为伴着拍肩膀而来的话,态度十分肯定而语气十分强重,似乎会跟了他的手的举动而拍进我的身体中,使我无力推辞或反对。倘使我不承认他的话而欲向他抗议,似乎须得还他一种比拍肩膀更重要一些的手段——例如跳将起来打他几个巴掌——而说话,才配得上抗议。但这又何必呢。用了拍肩膀的手段而说话的人,大都是自信力极强的人,他的话是他一人的法律,我实无须向他辩解。我不过在心中暗想他的话的意思,而独在这里记录自己的感想而已。

这朋友说我"寂寞起来弹一曲琴多么舒服",实在是冤枉了我!因为我回想自己的学习音乐的经过,只感到艰辛与严肃,却从未因了学习音乐而感到舒服。

记得十六七年前我在杭州第一师范(指杭州的浙江省立第

一师范学校）读书的时候，最怕的功课是"还琴"。我们虽是一所普通的初级师范学校，但音乐一科特别注重，全校有数十架学生练习用的五组风琴，和还琴用的一架大风琴，唱歌用的一架大钢琴。李叔同先生每星期教授我们弹琴一次。先生先把新课弹一遍给我们看。略略指导了弹法的要点，就令我们各自回去练习。一星期后我们须得练习纯熟而来弹给先生看，这就叫作"还琴"。但这不是由教务处排定在课程表内的音乐功课，而是先生给我们规定的课外修业。故还琴的时间，总在下午二十分至一时之间，即午膳后至第一课之间的四十分钟内，或下午六时二十分至七时之内，即夜饭后至晚间自修课之间的四十分钟内。我们自己练习琴的时间则各人各便，大都在下午课余，教师请假的时间，或晚上。总之，这弹琴全是课外修业。但这课外修业实际比较一切正课都艰辛而严肃。这并非我个人特殊感觉，我们的同学们讲起还琴都害怕。我每逢轮到还琴的一天，饭总是不吃饱的。我在十分钟内了结吃饭与盥洗二事，立刻挟了弹琴讲义，先到练琴室内去，抱了一下佛脚，然后心中带了一块沉重的大石头而走进还琴教室去。我们的先生——他似乎是不吃饭的——早已静悄悄地等候在那里。大风琴上的谱表与音栓都已安排妥帖，显出一排雪白的键板，犹似一只怪物张着阔大的口，露出一口雪白的牙齿而蹲踞着，在那里等候我们的来到。

先生见我进来，立刻给我翻出我今天所应还的一课来，他对于我们各人弹琴的进程非常熟悉，看见一人就记得他弹到什么地方。我坐在大风琴边，悄悄地抽了一口大气，然后开始弹奏了，先生不逼近我，也不正面督视我的手指，而斜立在离开我数步的桌旁。他似乎知道我心中的状况，深恐逼近我督视时，易使我心中慌乱而手足失措，所以特地离开一些。但我确知他的眼睛是不绝地在斜注我的手上的。因为不但遇到我按错一个键板的时候他知道，就是键板全不按错而用错了一根手指时，他的头便急速地回转，向我一看，这一看表示通不过。先生指点乐谱，令我从某处重新弹起。小错从乐句开始处重弹，大错则须从乐曲开始处重弹。有时重弹幸而通过了，但有时越是重弹，心中越是慌乱而错误越多。这还琴便不能通过。先生用和平而严肃的语调低声向我说，"下次再还"，于是我只得起身离琴，仍旧带了心中这块沉重的大石头而走出还琴教室，再去加上刻苦练习的功夫。

我们的先生的教授音乐是这样地严肃的。但他对于这样严肃的教师生活，似乎还不满足，后来就做了和尚而度更严肃的生活了。同时我也就毕业离校，入社会谋生，不再练习弹琴。但弹琴一事，在我心中永远留着一个严肃的印象，从此我不敢轻易地玩弄乐器了。毕业后两年，我一朝脱却了谋生的职务，而来到了东京的市中。东京的音乐空气使我对从前的艰辛严肃的弹琴练习发生一种甘美的回味。我费四十五块钱买了一口提琴，再费五块钱向某音乐研究会买了一张入学证，便开始学习提琴了。记得那正是盛夏的时候。我每天下午一时来到这音乐研究会的练习室中，对着了一面镜子练习提琴，一直练到五点半钟而归寓。其间每练习五十分钟，休息十分钟。这十分间非到隔壁的冰店里喝一杯柠檬刨冰，不能继续下一小时的练习。一星期之后，我左手上四个手指的尖端的皮都破烂了。起初各指尖上长出一个白泡，后来泡皮破裂，露出肉和水来。这些破烂的指尖按到细而紧张的钢丝制的 E 弦上，感到针刺般的痛楚，犹如一种肉刑！但提琴先生笑着对我说，"这是学习提琴所必经的难关。你现在必须努力继续练习，手指任它破烂，后来自会结成一层老皮，难关便通过了。"他伸出自己的左手来给我摸，"你看，我指尖上的皮多么老！起初也曾像你一般破烂过；但是难关早已通过了。倘使现在怕痛而停止练习，以前的工夫便都枉费，而你从此休想学习提琴了。"我信奉这提琴先生的忠告，依旧每日规定四个半钟头而刻苦练习，按时还琴。后来指尖上果然结皮，而练习亦渐入艰深之境。以前从李先生学习弹琴时所感到的一种艰辛严肃的况味，这时候我又实际地尝到了。但滋味和从前有些不同：因为从前监督我刻苦地练习风琴的，是对于李先生的信仰心；现在监督我刻苦地练习提琴的，不是对于那个提琴先生的信仰心，而是我的自励心。那个提琴先生的教课，是这音乐研究会的会长用了金钱而论钟点买来的。我们也是用金钱间接买他的教课的。他规定三点钟到会，五点钟退去，在这两小时的限度内尽量地教授我们提琴的技术，原可说是一种公平的交易。而且像我这远来的外国人，也得凭仗了每月三块钱的学费的力，而从这提琴先生受得平等的教授与忠告，更是可感谢的事。然而他对我的雄辩的忠告，在我觉得远不及低声的"下次再还"四个字的有效。我的刻苦地练习提琴，还是出于我自己的勉励心的，先生的教授与忠告不过供给知识与参考而已。我在这音乐研究所中继续练习了提琴四个多月，即便回国。我在那里熟习了三册提琴教则本和几曲 light opera melodies（轻歌剧旋律）。和我同室而同时开始练习提琴的，有一个出胡须的医生和一个法政学校的学生。但他们并不每天到会，因此进步都很迟，我练完第三册教则本时，他们都还只练完第一册。

他们每嫌先生的教授短简而不详，不能使他们充分理解，常常来问我弹奏的方法。我尽我所知地告诉他们。我回国以后，这些同学和先生都成了梦中的人物。后来我的提琴练习废止了。但我时时念及那位医生和法政学生，不知他们的提琴练习后来进境如何。现在回想起来，他们当时进步虽慢，但炎夏的练习室中的苦况，到底比我少消受一些。他们每星期不过到练习室三四次，每次不过一二小时。而且在练习室中挥扇比拉琴更勤。我呢，犹似在那年的炎夏中和提琴作了一场剧烈的奋斗，而终于退守。那个医生和法政学生现在已由渐渐的进步而成为日本的 violinist（小提琴家）也未可知；但我的提琴上已堆积灰尘，我的手指已渐僵硬，所赢得的只是对于提琴练习的一个艰辛严肃的印象。

我因有上述的经验，故说起音乐演奏，总觉得是一种非常严肃的行为。我须得用了"如临大敌"的态度而弹琴，用了"如见大宾"的态度而听人演奏。弹过听过之后，只感到兴奋的疲倦，绝未因此而感到舒服。所以那个朋友拍着我的肩膀而说的话，在我觉得冤枉，不能首肯。难道是我的学习法不正，或我所习的乐曲不良吗？但我是依据了世界通用的教则本，服从了先生的教导，而忠实地实行的。难道世间另有一种娱乐的音乐教则本与娱乐的音乐先生吗？这疑团在我心中久不能释。有一天我在某学校的同乐会的席上恍然地悟到了。

同乐会就是由一部分同学和教师在台上扮各种游艺，给其余的同学和教师欣赏。游艺中有各种各样的演、唱和奏。总之全是令人发笑的花头。座上不绝地发出哄笑的声音。我回看后面的听众，但见许多血盆似的笑口。我似觉身在"大世界""新世界"一类的游戏场中了。我觉得这同乐会的确是"乐"！在座的人可以全不费一点心力而只管张着嘴巴嬉笑。听他们的唱奏，也可以全不费一点心力而但觉鼓膜上的快感。这与我所学习的音乐大异，这真可说是舒服的音乐。听这种音乐，不必用"如见大宾"的态度，而只须当作喝酒。我在座听了一会音乐，好似喝了一顿酒，觉得陶醉而舒服。

于是我悟到了，那个朋友所赞叹而盼望学习的音乐，一定就是这种喝酒一般的音乐。他是把音乐看作喝酒一类的乐事的。他的话中的"音乐"及"弹琴"等字倘使改作"喝酒"，例如说，"你们会喝酒的人真是幸福，寂寞起来喝一杯酒多么舒服"！那我便首肯了。

那种酒上口虽好，但过后颇感恶腥，似乎要呕吐的样子。我自从那回尝过之后，不想再喝了。我觉得这种舒服的滋味，远不及艰辛严肃的回味的甘美。

1931 年 5 月 7 日

# 吃瓜子

从前听人说,中国人都具有三种博士的资格:拿筷子博士、吹煤头纸博士、吃瓜子博士。

拿筷子,吹煤头纸,吃瓜子,的确是中国人独得的技术。其纯熟深造,想起了可以使人吃惊。这里精通拿筷子法的人,有了一双筷,可抵刀、锯、叉、瓢一切器具之用,爬罗剔抉,无所不精。这两根毛竹仿佛是身体上的一部分,手指的延长,或者一对取食的触手。用时好像变戏法者的一种演技,熟能生巧,巧极通神。不必说西洋了,就是我们自己看了,也可惊叹。至于精通吹煤头纸法的人,首推几位一天到晚捧水烟筒的老先生和老太太。他们的"要有火"比上帝还容易,只消向煤头纸上轻轻一吹,火便来了。他们不必出数元乃至数十元的代价去买打火机,只要有一张纸,便可临时在膝上卷起煤头纸来,向铜火炉盖的小孔内一插,拔出来一吹,火便来了。我小时候看见我们染坊店里的管账先生,有种种吹煤头纸的特技。我把煤头纸高举在他的额旁边了,他会把下唇伸出来,使风向上吹;我把煤头纸放在他的胸前了,他会把上唇伸出来,使风向下吹;我把煤头纸放在他的耳旁了,他会把嘴歪转来,使风向左右吹;我用手按住了他的嘴，他会用鼻孔吹，都是吹一两下就着火的。中国人对于吹煤头纸技术造诣之深，于此可以窥见。所可惜者，自从卷烟和火柴输入中国而盛行之后，水烟这种"国烟"竟被冷落，吹煤头纸这种"国技"也很不发达了。生长在都会里的小孩子，有的竟不会吹，或者连煤头纸这东西也不曾见过。在努力保存国粹的人看来，这也是一种可虑的现象。近来国内有不少人努力于国粹保存。国医、国药、国术、国乐，都有人在那里提倡。也许水烟和煤头纸这种国粹，将来也有人起来提倡，使之复兴。

但我以为这三种技术中最进步、最发达的，要算吃瓜子。近来瓜子大王的畅销，便是其老大的证据。据关心此事的人说，瓜子大王一类的装纸袋的瓜子，最近市上流行的有许多牌子。最初是某大药房"用科学方法"创制的，后来有什么"好吃来公司""顶好吃公司"等种种出品陆续产出。到现在差不多无论哪个穷乡僻处的糖食摊上，都有纸袋装的瓜子陈列而倾销着了。现代中国人的精通吃瓜子术，由此盖可想见。我对于此道，一向非常短拙，说出来有伤于中国人的体面，但对自家人不妨谈谈。我从来不曾自动地找求或买瓜子来吃。但到人家做客，受人劝诱时；或者在酒席上、杭州的茶楼上，看见桌上现成放着瓜子盆时，也便拿起来咬。我必须注意选择，选那较大、较厚，而形状平整的瓜子，放进口里，用白齿"咯"地一咬，再吐出来，用手指去剥。幸而咬得恰好，两瓣瓜子壳各向两旁扩张而破裂，瓜仁没有咬碎，剥起来就较为省力。若用力不得其法，两瓣瓜子壳和瓜仁叠在一起而折断了，吐出来的时候我就担忧。那瓜子已纵断为两半，两半瓣的瓜仁紧紧地装塞在两半瓣的瓜子壳中，好像日本版的洋装书，套在很紧的厚纸函中，不容易取它出来。这种洋装书的取出法，现在都已从日本人那里学得，不要把指头塞进厚纸函中去力挖，只要使函口向下，两手扶着函，上下振动数次，洋装书自会脱壳而出。然而半瓣瓜子的形状太小了，不能应用这个方法，我只得用指爪细细地剥取。有时因为练习弹琴，两手的指爪都剪平，和尚头一般的手指对它简直毫无办法。我只得乘人不见把它抛弃了。在痛感困难的时候，我本拟不再吃瓜子了。但抛弃了之后，觉得口中有一种非甜非咸的香味，会引逗我再吃。我便不由地伸起手来，另选一粒，再送交臼齿去咬。不幸的是，这瓜子太燥，我用力又太猛，"咯"地一响，玉石不分，咬成了无数的碎块，事体就更糟了。我只得把粘着唾液的碎块尽行吐出在手心里，用心挑选，剔去壳的碎块，然后用舌尖舐食瓜仁的碎块。然而这挑选颇不容易，因为壳的碎块的一面也是白色的，与瓜仁无异，我误认为全是瓜仁而舐进口中去嚼，其味虽非嚼蜡，却等于嚼砂。壳的碎片紧紧地嵌进牙齿缝里，找不到牙签就无法取出。碰到这种"钉子"的时候，我就下个决心，从此戒绝瓜子。戒绝之法，大抵是喝一口茶来漱一漱口。点起一支香烟，或者把瓜子盆推开些，让身体换个方向坐了，以示不再与它发生关系。然而过了几分钟，与别人谈了几句话，不知不觉之间，会跟了别人而伸手向盆中摸瓜子来咬。等到自己觉察破戒的时候，往往是已经咬过好几粒了。这样，吃了非戒不可，戒了非吃不可；吃而复戒，戒而复吃，我为它受尽苦痛。这使我现在想起了瓜子觉得害怕。

但我看别人，精通此技的很多。我以为中国人的三种博士才能中，咬瓜子的才能最可叹佩。常见闲散的少爷们，一只手指间夹着一支香烟，一只手握着一把瓜子，且吸且咬，且咬且吃，且吃且谈，且谈且笑。从容自由，真是"交关写意"！他们不须拣选瓜子，也不须用手指去剥。一粒瓜子塞进了口里，只消"咯"地一咬，"呸"地一吐，早已把所有的壳吐出，而在那里嚼食瓜子的肉了。那嘴巴真像一具精巧灵敏的机器，不绝地塞进瓜子去，不绝地"咯""呸""咯""呸"……全不费力，可以永无罢休。女人们、小姐们的咬瓜子，态度尤加来得美妙：她们用兰花似的手指摘住瓜子的圆端，把瓜子垂直地塞在门牙中间，而用门牙去咬它的尖端。"的，的"两响，两瓣壳的尖头便向左右绽裂。然后那手敏捷地转个方向，同时头也跟着微微地一侧，使瓜子水平地放在门牙口，用上下两门牙把两瓣壳分别拨开，咬住了瓜子肉的尖端而抽它出来吃。这吃法不但"的，的"的声音清脆可听，那手和头转侧的姿势窈窕得很，有些儿妩媚动人。连丢去的瓜子壳也模样姣好，有如朵朵兰花。由此看来，咬瓜子是中国少爷们的专长，而尤其是中国小姐、太太们的拿手戏。

在酒席上、茶楼上，我看见过无数咬瓜子的圣手。近来瓜子大王畅销，我国的小孩子们也都学会了咬瓜子的绝技。我的技术，在国内不如小孩子们远甚，只能在外国人面前占胜。记得从前我在赴横滨的轮船中，与一个日本人同舱。偶检行箧，发现亲友所赠的一罐瓜子。旅途寂寥，我就打开来和日本人共吃。这是他平生没有吃过的东西，他觉得非常珍奇。在这时候，我便老实不客气地装出内行的模样，把吃法教导他，并且示范地吃给他看。托祖国的福，这示范没有失败。但看那日本人的练习，真是可怜得很！他如法将瓜子塞进口中，"咯"地一咬，然而咬时不得其法，将唾液把瓜子的外壳全部浸湿，拿在手里剥的时候，滑来滑去，无从下手，终于滑落在地上，无处寻找了。他空咽一口唾液，再选一粒来咬。这回他剥时非常小心，把咬碎了的瓜子陈列在舱中的食桌上，俯伏了头，细细地剥，好像修理钟表的样子。约莫一二分钟之后，好容易剥得了些瓜仁的碎片，郑重地塞进口里去吃。我问他滋味如何，他点点头连称umai，umai！（好吃，好吃！）我不禁笑了出来。我看他那阔大的嘴里放进一些瓜仁的碎屑，犹如沧海中投以一粟，亏他辨出umai的滋味来。但我的笑不仅为这点滑稽，本由于骄矜自夸的心理。我想，这毕竟是中国人独得的技术，像我这样对于此道最拙劣的人，也能在外国人面前占胜，何况国内无数精通此道的少爷、小姐们呢？

发明吃瓜子的人，真是一个了不起的天才！这是一种最有效的"消闲"法。要"消磨岁月"，没有比吃瓜子更好的方法了。其所以最有效者，为了它具备三个条件：一、吃不厌；二、吃不饱；三、要剥壳。

俗语形容瓜子吃不厌，叫作"勿完勿歇"。为了它有一种非甜非咸的香味，能引逗人不断地要吃。想再吃一粒不吃了，但是嚼完吞下之后，口中余香不绝，你又会伸手向盆中或纸包里去摸。我们吃东西，凡一味甜的，或一味咸的，往往易于吃厌。只有非甜非咸的，可以久吃不厌。瓜子的百吃不厌，便是为此。

有一位老于应酬的朋友告诉我一段吃瓜子的趣话:说他已养成了见瓜子就吃的习惯。有一次同了朋友到戏馆里看戏,坐定之后,发现茶壶的旁边放着一包打开的瓜子,便随手向包里掏取几粒,一面咬着,一面看戏。咬完了再取,取了再咬。如是数次,发现邻席的不相识的观剧者也来掏取。方才想起了这包瓜子的所有权。低声问他的朋友:"这包瓜子是你买来的吗?"那朋友说"不",他才知道刚才是擅吃了人家的东西,便向邻座的人道歉。邻座的人很漂亮,付之一笑,索性正式地把瓜子请客了。由此可知瓜子这样东西,对中国人有非常的吸引力,不管三七二十一,见了瓜子就吃。

俗语形容瓜子吃不饱,叫作"吃三日三夜,长个屎尖头"。因为这东西分量微小,无论如何也吃不饱,连吃三日三夜,也不过多排泄一粒屎尖头。为消闲计,这是很重要的一个条件。倘分量大了,一吃就饱,时间就无法消磨。这与赈饥的粮食,目的完全相反。赈饥的粮食求其吃得饱,消闲的粮食求其吃不饱。最好只尝滋味而不吞物质。最好越吃越饿,像罗马亡国之前所流行的"吐剂"一样,则开筵大嚼,醉饱之后,咬一下瓜子可以再来开筵大嚼。一直把时间消磨下去。

要剥壳也是消闲食品的一个必要条件。倘没有壳,吃起来太便当,容易饱,时间就不能多多消磨了。一定要剥,而且剥的技术要有声有色,使它不像一种苦工,而像一种游戏,方才适合于有闲阶级的生活,可让他们愉快地把时间消磨下去。

具足以上三个利于消磨时间的条件的,在世间一切食物之中,想来想去,只有瓜子。所以我说发明吃瓜子的人是了不起的天才。而能尽量地享用瓜子的中国人,在消闲一道上,真是了不起的积极的实行家!试看糖食店、南货店里的瓜子的畅销,试看茶楼、酒店、家庭中满地的瓜子壳,便可想见中国人在"咯,呸""的,的"的声音中消磨去的时间,每年统计起来为数一定可惊。

我本来见瓜子害怕,写到这里,觉得更加害怕了。


1934 年 4 月 20 日

# 端阳忆旧

我写民间生活的漫画中,门上往往有一个王字。读者都不解其意。有的以为这门里的人家姓王。我在重庆的画展中,有人重订一幅这类的画,特别关照会场司订件的人,说:"请他画时在门上改写一个李字。因为我姓李。"这买画人把画当作自己家里看,其欣赏态度可谓特殊之极!而我的在门上写王字,也可说是悖事之至!因为这门上的王字原是端五日正午用雄黄酒写上的。我幼时看见我乡家家户户如此,所以我画如此。岂知这办法只限于某一地带;又只限于我幼时,现在大家懒得行古之道了。许多读者不懂这王字的意思,也是难怪的。

我幼时,即四十余年前,我乡端午节过得很隆重:我的大姐一月前头就制"老虎头",预备这一天给自家及亲戚家的儿童佩戴。染坊店里的伙计祁官,端午的早晨忙于制造蒲剑:向野塘采许多蒲叶来,选取最像宝剑的叶,加以剑柄,预备正午时和桃叶一并挂在每个人的床上。我的母亲呢,忙于"打蚊烟"和捉蜘蛛:向药店买一大包苍术白芷来,放在火炉里,教它发出香气,拿到每间房屋里去熏。同时,买许多鸡蛋来,在每个的顶上敲一个小洞,放进一只蜘蛛去,用纸把洞封好,把蛋放在打蚊烟的火炉里煨。煨熟了,打开蛋来,取去蜘蛛的尸体,把蛋给孩子们吃。到了正午,又把一包雄黄放在一大碗绍兴酒里,调匀了,叫祁官拿到每间屋的角落里去,用口来喷。喷剩的浓雄黄,用指蘸了,在每一扇门上写王字;又用指捞一点来塞在每个孩子肚脐眼里。据说,老虎头,桃叶,蒲剑可以驱邪;蜘蛛煨蛋可以祛病;苍术白芷和雄黄可以驱除毒虫及毒气。至于门上的王字呢,据说是消毒药的储蓄;日后如有人被蜈蚣毒蛇等咬了,可向门上去捞取一点端午日午时所制的良药来,敷上患处,即可消毒止痛云。

世相无常,现在这种古道已经不可多见,端阳的面目全非昔比了。我独记惦门上这个王字。并非要当作 DDT 用,却是为了画中的门上的点缀。光裸裸的画一扇门,怪单调的;在门上画点东西呢,像是门牌,又不好看。唯有这个王字,既有装饰的效果,又有端阳的回想与纪念的意味。从前日本废除纸伞而流行"蝙蝠伞"(就是布制的洋伞)的时候,日本的画家大为惋惜。因为在直线形过多的市街风景中,圆线的纸伞大有对比作用,有时一幅市街风景画全靠一顶纸伞而生色;而蝙蝠伞的对比效果,是远不及纸伞的。现在我的心情,正与当时的日本画家相似。用实利的眼光看,这事近于削足适履。这原是"艺术的非人情"。

1947 年

# 狂欢之夜

处处响着爆竹声。我挤向一家卖爆竹的铺子,好容易挤到了铺子门口。我摸出钞票来,预备买两串爆竹。那铺子里的四川老板正在手忙脚乱地关店门,几乎把我推出门外。我连喊"买鞭炮,买鞭炮",把手中的钞票高举送上。老板娘急忙收了钞票,也不点数,就从架上随便取了两包爆竹递给我,他们的门就关上了。我恍然想起:前几天报上登着,美国人预料胜利将至,狂欢之夜,店铺难免损失,所以酒吧、咖啡店等,已在及早防备。我们这四川老板急忙关门,便是要避免这种"欢喜的损失"。那老板娘嘴里咕噜咕噜,表示他们已经为这最后胜利的庆祝会尽过义务了。

挤得倦了,欢呼得声嘶力竭了,我拿着爆竹,转入小弄,带着兴奋,缓步回家。路遇到许多邻人,他们也是欢乐得疲倦了,这才离开这疯狂的群众的。"丰先生,我们来讨酒吃!"后面有几个人向我喊。这都是我们的邻人,他们与我,平日相见时非常客气。我们的交情的深度,距离"讨酒吃"还很远;若在平时,他们向我说这句话,实在唐突。但在这晚上,"唐突"两字已从中国词典里删去,无所谓唐突,只觉得亲热了。我热诚地招呼他们来吃酒。我回到家里到主母房里搜寻一下,发见两瓶茅台酒。这是贵州的来客带送我的,据说是真茅台酒,不易多得的。我藏久矣,今日不吃,更待何时?我把酒拿到院子里,许多邻人早已坐着笑谈;许多小孩正在燃放爆竹。不知谁买来的一大包蛋糕,就算是酒肴。不待主人劝酒大家自斟自饮。平日不吃酒的人,也豪爽地举杯。一个青年端着一杯酒,去敬坐在篱角里小凳上吃烟的老姜。这本地产的男工,素来难得开口,脸上从无笑容。这晚上他照旧默默地坐在篱角里的小凳上吃他的烟,"胜利"这件事在他似乎木知木觉。那个青年,不知是谁,我竟记不起了,他大约是闹得不够味,或者是怪那工人不参加狂欢,也许是敬慕他的宠辱不惊的修养功夫,恭敬地站在他面前,替他奉觞上寿。口里说:"老姜,恭喜恭喜!"那工人被他弄得莫名其妙,站起身来,从来不曾笑过的脸上,居然露出笑容来。他接了酒杯,一口饮尽。大家拍手欢呼。老姜瞠目四顾表示狼狈,口里说:"啥子吗?"照这样子看来,他的确是不知"胜利"的!他对于街上的狂欢,眼前的热闹,大约看作四川各地新年闹龙灯一样,每年照例一次,不足为奇,他也向不参加。他全不知道这是千载一遇的盛会!他全不知道这种欢乐与光荣在他是有份的!当时大家笑他,我却敬佩他的"不动心",有"至人"风。到现在,胜利后一年多,我回想起他,觉得更可敬佩;他也许是个无名的大预言家,早知胜利以后民生非但不得幸福,反而要比战时更苦。所以他认为不值得参加这晚上的狂欢。他瞠目四顾,冷静地说:"啥子吗!"恐怕其意思就是说:"你们高兴啥子?胜利就是糟糕!苦痛就在后面!"

幸而当晚他肯赏光，居然笑嘻嘻地接受了我们这青年所敬他的一杯茅台酒，总算维持了我们这一夜狂欢的场面。

酒醉之后，被街上的狂欢声所诱，我又跟了青年们去看热闹。带了满身欢乐的疲劳而返家的时候，已是后半夜两点钟了。就寝之后，我思如潮涌，不能成眠。我想起了复员东归的事，想起了八年前被毁的缘缘堂，想起了八年前仓皇出走的情景，想起了八年来生离死别的亲友，想起了一群汉奸的下场，想起了惨败的日本的命运，想起了奇迹地胜利了的中国的前途……无端的悲从中来。这大约就是古人所谓"欢乐极兮哀情多"，或许就是心理学家所谓"胜利的悲哀"。不知不觉之间，东方已经泛白。我差不多没有睡觉，一早起来，欢迎千古未有的光明的白日。

1946年复员途中作

# 过年

我幼时不知道阳历,只知道阴历。到了十二月十五,过年的空气开始浓重起来了。我们染坊店里三个染匠全是绍兴人,十二月十六要回乡。十五日,店里办一桌酒,替他们送行。这是提早举办的年酒。商店旧例,年酒席上的一只全鸡,摆法大有讲究:鸡头向着谁,谁要免职。所以上菜的时候,要特别当心。但是我家的店规模很小,店里三个人,作场里三个人,一共只有六个人,这六个人极少有变动,所以这种顾虑极少。但母亲还是当心,上菜时关照仆人,必须把鸡头对着空位。

十六日,司务们一上去[1],染缸封了,不再收货,农民们此时也要过年,不再拿布出来染了。店里不须接生意,但是要算账。整个上午,农民们来店还账,应接不暇。下午,管账先生送进一包银元来,交母亲收藏。这半个月正是收获时期,一家一店许多人的生活都从这里开花。有的农民不来还账,须得下乡去收。所以必须另雇两个人去收账。他们早出晚归,有时拿了鸡或米回来。因为那农家付不出钱,将鸡或米来抵偿。年底

---

[1] 作者家乡一带习惯,凡是去浙东各地,称为"上去"。

往往阴雨，收账的人，拖泥带水回来，非常辛苦。所以每天的夜饭必须有酒有肉。学堂早已放年假，我空闲无事，上午总在店里帮忙，写"全收"簿子[1]。吃过中饭，管账先生拿全收簿子去一算，把算出来的总数同现款一对，两相符合，一天的工作便完成了。

从腊月二十日起，每天吃夜饭时光，街上叫"火烛小心"。一个人"蓬蓬"地敲着竹筒，口中高叫："寒天腊月！火烛小心！柴间灰堆！灶前灶后！前门闩闩！后门关关！……"这声调有些凄惨。大家提高警惕。我家的贴邻是王囡囡豆腐店，豆腐店日夜烧砻糠，火烛更为可怕。然而大家都说不怕，因为明朝时光刘伯温曾在这一带地方造一条石门槛，保证这石门槛以内永无火灾。

廿三晚上送灶，灶君菩萨每年上天约一星期，廿三夜上去，大年夜回来。这菩萨据说是天神派下来监视人家的，每家一个。大约就像政府委任官吏一般，不过人数（神数）更多。他们高踞在人家的灶台上，嗅取饭菜的香气。每逢初一、月半，必须点起香烛来拜他。二十三这一天，家家烧赤豆糯米饭，先盛一大碗供在灶君面前，然后全家来吃。吃过之后，黄昏时分，父亲穿了大礼服来灶前膜拜，跟着，我们大家跪拜。拜过之后，将灶君的神像从灶台上请下来，放进一顶灶轿里。这灶轿是白天从市场上买来的，用红绿纸张糊成，两旁贴着一副对联，上写"上天奏善事，下界保平安"。我们拿些冬青柏子，插在灶轿

---

[1] 年底收账，账收回后，记在"全收"簿子上，表示已不欠账。

两旁，再拿一串纸做的金元宝挂在轿上，又拿一点糖塌饼来，粘在灶君菩萨的嘴上。这样一来，他上去见了天神，粘嘴粘舌的，说话不清楚，免得把人家的恶事全盘说出。于是父亲恭恭敬敬地捧了灶轿，捧到大门外去烧化。烧化时必须抢出一只纸元宝，拿进来藏在橱里，预祝明年有真金元宝进门。送灶君上天之后，陈妈妈就烧菜给父亲下酒，说这酒菜味道一定很好，因为没有灶君先吸取其香气。父亲也笑着称赞酒菜好吃。我现在回想，他是假痴假呆，逢场作乐。因为他中了这末代举人，科举就废，不得伸展，蜗居在这穷乡僻壤的蓬门败屋中，无以自慰，唯有利用年中行事，聊资消遣，亦"四时佳兴与人同"之意耳。

廿三送灶之后，家中就忙着打年糕。这糯米年糕又大又韧，自己不会打，必须请一个男工来帮忙。这男工大都是陆阿二，又名五阿二。因为他姓陆，而他的父亲行五。两枕"当家年糕"约有三尺长；此外许多较小的年糕，有二尺长的，有一尺长的；还有红糖年糕，白糖年糕。此外是元宝、百合、橘子等种种小摆设，这些都是由母亲和姐姐们去做，我也洗了手去参加，但总做不好，结果是自己吃了。姐姐们又做许多小年糕，形状仿照大年糕，预备廿七夜过年时拜小年菩萨用的。

廿七夜过年，是个盛典。白天忙着烧祭品：猪头、全鸡、大鱼、大肉，都是装大盘子的。吃过夜饭之后，把两张八仙桌接起来，上面供设"六神牌"，前面围着大红桌围，摆着巨大的锡制的香炉蜡台。桌上供着许多祭品，两旁围着年糕。我们这厅屋是三家公用的，我家居中，右边是五叔家，左边是嘉林哥家，三家同时祭起年菩萨来，屋子里灯火辉煌，香烟缭绕，气象好不繁华！三家比较起来，我家的供桌最为体面。何况我们还有小年菩萨，即在大桌旁边设两张茶几，也是接长的，也供一位小菩萨像，用小香炉蜡台，设小盆祭品，竟像是小人国里的过年。记得那时我所欣赏的，是"六神牌"和祭品盘上的红纸盖。这六神牌画得非常精美，一共六版，每版上画好几个菩萨，佛、观音、玉皇大帝、孔子、文昌帝君、魁星……都包括在内。平时折好了供在堂前，不许打开来看，这时候才展览了。祭品盘上的红纸盖都是我的姑母剪的，"福禄寿喜""一品当朝""平升三级"等字，都剪出来，巧妙地嵌在里头。我那时只七八岁，就喜爱这些东西，这说明我与美术有缘。

绝大多数人家廿七夜过年，所以这晚上商店都开门，直到后半夜送神后才关门。我们约伴出门散步，买花炮。花炮种类繁多，我们所买的，不是两响头的炮仗和噼噼啪啪的鞭炮，而是雪炮、流星、金转银盘、水老鼠、万花筒等好看的花炮。其中万花筒最好看，然而价贵不易多得。买回去在天井里放，大可增加过年的喜气。我把一串鞭炮拆散来，一个一个地放，点着了火，立刻拿一个罐头瓶来罩住，"咚"的一声，连罐头瓶也跳起来。我起初不敢拿在手里放，后来经乐生哥哥教导，竟胆敢拿在手里放了。两指轻轻捏住鞭炮的末端，一点上火，立刻把头旋向后面。渐渐老练了，即行若无事。

正在放花炮的时候，隔壁谭三姑娘……送万花筒来了。这谭三姑娘的丈夫谭福山，是开炮仗店的。年年过年，总是特制了万花筒来分送邻居，以供新年添兴之用。此时谭三姑娘打扮得花枝招展,声音好比莺啼燕语。厅堂里的空气忽然波动起来。如果真有年菩萨在尚飨,此时恐怕都"停杯投箸不能食"了。

夜半时分,父亲在旁边的半桌上饮酒,我们陪着他吃饭。直到后半夜,方才送神。我带着欢乐的疲倦躺在床上,钻进被窝里,蒙眬之中听见远近各处炮竹之声不绝,想见这时候石门湾的天空中,定有无数年菩萨餍足了酒肉,腾空驾雾归天去了。

"廿七、廿八活急杀,廿九、三十勿有拉[1],初一、初二扮睹客,你没铜钱我有拉[2]。"这是石门湾人形容某些债户的歌。年中拖欠的债,年底要来讨,所以到了廿七、廿八,便活急杀。到了廿九、三十,有的人逃往别处去避债,故曰勿有拉。但是有些人有钱不肯还债,要留着新年里自用。一到元旦,照例不准讨债,他便好公然地扮睹客,而且慷慨得很了。我家没有这种情形,但是总有人来借掇,也很受累。况且家事也忙得很:要掸灰尘,要祭祖宗,要送年礼。倘是月小,更加忙迫了。

年底这一天,是准备通夜不眠的,店里早已摆出风灯,插上岁烛。吃年夜饭时,把所有的碗筷都拿出来,预祝来年人丁兴旺。吃饭碗数,不可成单,必须成双。如果吃三碗,必须再盛一次,哪怕盛一点点也好,总之要凑成双数。吃饭时母亲分送压岁钱,我得的记得是四角,用红纸包好,我全部用以买花炮。吃过年夜饭,还有一出滑稽戏呢。这叫作"毛糙纸揩𡰪[3]"。"𡰪"就是屁股。一个人拿一张糙纸,把另一人的嘴揩一揩。意

---

[1] 方言,意为不在这儿、不在家。

[2] 方言,意为我这儿有。

[3] 为"注"的繁体字,尊重原著,保留繁体写法。

思是说：你这嘴巴是屁股，你过去一年中所说的不祥的话，例如"要死"之类，都等于放屁。但是人都不愿被揞，尽量逃避。然而揞的人很调皮，出其不意，突如其来，那怕你极小心的人，也总会被揞。有时其人出前门去了。大家就不提防他。岂知他绕个圈子，悄悄地从后门进来，终于被揞了去。此时笑声、喊声充满了一堂。过年的欢乐空气更加浓重了。

于是陈妈妈烧起火来放"泼留"。把糯米谷放进热镬子里，一只手用铲刀搅拌，一只手用箬帽遮盖。那些糯谷受到热度，爆裂开来，若非用箬帽遮盖，势必纷纷落地，所以必须遮盖。放好之后，拿出来堆在桌子上，叫大家拣泼留。"泼留"两字应该怎样写，我实在想不出，这里不过照声音记录罢了。拣泼留，就是把砻糠拣出，剩下纯粹的泼留，新年里客人来拜年，请他吃糖汤，放些泼留。我们小孩子也参加拣泼留，但是一面拣，一面吃。一粒糯米放成蚕豆来大，像朵梅花，又香又热，滋味实在好极了。

黄昏，渐渐有人提了灯笼来收账了。我们就忙着"吃串"。听来好像是"吃菜"。其实是把每一百铜钱的串头绳解下来，取出其中三四文，只剩九十六七文，或甚至九十二三文，当作一百文去还账。吃下来的"串"，归我们姐弟们作零用。我们用这些钱还账，但我们收来的账，也是吃过串的钱。店员经验丰富，一看就知道这是"九五串"，那是"九二串"的。你以伪来，我以伪去，大家不计较了。这里还得表明：那时没有钞票，只有银洋、铜板和铜钱。银洋一元等于三百个铜板，一个铜板等于十个铜钱。我那时母亲给我的零用钱，是每天一个铜板即十文铜钱。我用五文买一包花生，两文买两块油沸豆腐干，还有三文随意花用。

街上提着灯笼讨债的，络绎不绝，直到天色将晓，还有人提着灯笼急急忙忙地跑来跑去。这只灯笼是千万少不得的。提灯笼，表示还是大年夜，可以讨债；如果不提灯笼，那就是新年，欠债的可以打你几记耳光，要你保他三年顺境，因为大年初一讨债是禁忌的。但这时候我家早已结账，关店，正在点起香烛接灶君菩萨。此时通行吃接灶圆子，管账先生一面吃圆子，一面向我母亲报告账务。说到盈余，笑容满面。母亲照例额外送他十只银角子，给他"新年里吃青果茶"。他告别回去，我们也收拾，睡觉。但是睡不到两个钟头，又得起来，拜年的乡下客人已经来了。

年初一上午忙着招待拜年客人。街上挤满了穿新衣服的农民，男女老幼，熙熙攘攘，吃烧卖，上酒馆，买花纸（即年画），看戏法，到处拥挤，而最热闹的是赌摊。原来从初一到初四，这四天是不禁赌的。掷骰子，推牌九，还有打宝，一堆一堆的人，个个兴致勃勃，连警察也参加在内。下午，农民大都进去了，街上较清，但赌摊还是闹热，有的通夜不收。

初二开始，镇上的亲友来往拜年。我父亲戴着红缨帽子，穿着外套，带着跟班出门。同时也有穿礼服的到我家拜年。如果不遇，留下一张红片子。父亲死后，母亲叫我也穿着礼服去拜年。我实在很不高兴。因为一个十一二岁的孩子穿礼服上街，大家注目，有讥笑的，也有叹羡的，叫我非常难受。现在回想，母亲也是一片苦心。她不管科举已废，还希望我将来也中个举人,重振家声,所以把我如此打扮,聊以慰情。

正月初四,是新年最大的一个节日,因为这天晚上接财神。别的行事,如送灶、过年等,排场大小不定,有简单的,有丰盛的,都按家之有无。独有接财神,家家郑重其事,而且越是贫寒之家,排场越是体面。大约他们想:敬神丰盛,可以邀得神的恩宠,今后让他们发财。

接财神的形式,大致和过年相似,两张桌子接长来,供设六神牌,外加财神像,点起大红烛。但不先行礼,先由父亲穿了大礼服,拿了一股香,到下西弄的财神堂前行礼,三跪九叩,然后拿了香回来,插在香炉中,算是接得财神回来了。于是大家行礼。这晚上金吾放夜,市中各店通夜开门,大家接财神。所以要买东西,那怕后半夜,也可以买得。父亲这晚上兴致特别好,饮酒过半,叫把谭三姑娘送的大万花筒放起来。这万花筒果然很大,每个共有三套。一枝火树银花低了,就有另一枝继续升起来,凡三次。谭福山做得真巧。……我们放大万花筒时,为要尽量增大它的利用率,邀请所有的邻居都出来看。作者谭福山也被邀在内。次家闻得这大万花筒是他做的,都向他看。……

初五以后,过年的事基本结束,但是拜年,吃年酒,酬谢往还,也很热闹。厨房里年菜很多,客人来了,搬出就是。但是到了正月半,也差不多吃完了。所以有一句话:"拜年拜到正月半,烂溏鸡屎炒青菜。"我的父亲不爱吃肉,喜欢吃素,我们都看他样。所以我们家里,大年夜就烧好一大缸萝卜丝油豆腐,油很重,滋味很好。每餐盛出一碗来,放在锅子里一热,便是最好的饭菜。我至今还忘不了这种好滋味。但是让家里人照烧起来，总不及童年时的好吃，怪哉！

正月十五，在古代是一个元宵佳节，然而赛灯之事，久已废止，只有市上卖些兔子灯、蝴蝶灯等，聊以应名而已。

二十日，染匠司务下来[1]，各店照常开门做生意，学堂也开学，过年也就结束。

---

[1] 按作者家乡一带习惯，从浙东来到浙西，称为"下来"。

# 楼板

记得我小时的事：我们家里那只很低小的厅上正在供起香烛，请六神菩萨。离开蜡烛火焰两尺就是单薄的楼板，楼板上面正是置马桶的地方，有人在便溺的时候，楼下历历可闻其声。当时我已经从祖母及母亲的平日的举动言语间习知菩萨与便溺的相犯。这时候看见了在马桶声底下请六神的情形，就责问母亲，母亲用一个"呸"字批掉我的责问，继续又说："隔重楼板隔重山。"

当时我并不敢确信"板"的效用如是其大，只是被母亲这"呸"字压倒了。后来我在上海租住房子，才晓得这句古典语的确是至理名言。"隔重楼板隔重山"，上海的空间的经济，住家的拥挤，隔一重板，简直可有交通断绝而气候不同的两个世界，"板"的力竟比山还大。

五六年之前，我初到上海，曾在上海的西门的某里租住人家的一间楼底。楼面与楼底分住两份人家，这回是我初次经验。在我们的故乡，楼上总是卧房，楼下总是供家堂六神的厅，决没有楼上楼下分住两份人家的习惯。我托人找到了这房子，进屋的前两天，自己先去看一次。三开间的一座楼屋，楼上三个楼面是二房东自己住的，楼下左面一间已另有一份人家租住，中央一间正面挂着一张朱柏庐先生治家格言，两壁挂着书画，是公用的客堂，右面一间空着，就是我要租住的。在初到上海的我看来，这实在是一家，我们此后将同这素不相识的两份人家同居，朝夕同堂，出入同门，这是何等偶然而奇妙的因缘。将来我们对这两份人家一定比久疏的亲戚同族要亲近得多，我们一定从此添了两家新的亲友，这是何等偶然而奇妙的因缘。我独自起了这样的心情，就请楼上的二房东下来，预备同他接洽，并作初见的谈话。

一个男子的二房东从楼窗里伸出头来，问我有什么事。我走到天井里，仰起头来回答他说："我就是来租住这间房间的，要和房东先生谈一谈。"那人把眉头一皱对我说："你租房子？没有什么可谈的。你拿出十二块钱，明天起这房子归你。"

那头就缩了进去。随后一个娘姨出来，把那缩进去的头所说的话对我复述一遍。我心中有点不快，但想租定了也罢，就付他十二块钱，出门去了。

后来我们搬进去住了。虽然定房子那一天我已经见过这同居者的颜色，但总不敢相信人与人的相对待是这样冷淡的，楼板的效用这样大的。偶然在门间或窗际看见邻家的人的时候，我总想招呼他们，同他们结邻人之谊。然而他们的脸上有一种不可侵犯的颜色，和一种拒人的力，常常把我推却在千里之外。尽我们租住这房子的六个月之间，与隔一重楼板的二房东家及隔一所客堂的对门的人家朝夕相见，声音相闻，而终于不相往来，不相交语，偶然在里门口或天井里交臂，大家故意侧目而过,反似结了仇怨。

那时候我才回想起母亲的话,"隔重楼板隔重山",我们与他们实在分居着空气不同的两个世界,而只要一重楼板就可隔断。板的力比山还大!

1927 年

# 市街形式

在上海劳作了半个月,一旦工作告一小段落,偷闲乘通车到杭州来抽一口气。当我在城站[1]下车,坐黄包车到达新市场时,望见这里一片平广的夜景,心头感到十分的快适。

"为什么我心头这般快适?"我这样地自问,便开始研究自己的心理状态。研究的结果,我知道这快适的成因乃主观和客观两方合成。在主观方面,我这会劳作了半个月,到这里来休息一下,自己以为是堂皇的。好比劳动者作了一天苦工,晚间到酒店的柜头上来买碗酒喝,"一升高粱!"喊的声音威严响亮,语气是命令的。在客观的方面,新市场的市街的平广的景象,容易使人看了生出快适之感。杭州还没有摩天楼出现,现有的房屋大多数是二三层的。远望市街的夜景,只见一片灯火平铺在广大的地上,好像一条灿烂的宝带。我看到这般景象时,假想它是古代神话中的光景,心头暂时感到一种快适。

上海市街的灯火,当然比杭州更多。然而没有这般快适之感,却使人感到一种压迫。这是市街形式不同的关系,上海的

---

[1] 城站,指杭州的火车站。

市街形式是直的，杭州的市街形式是横的。直的形式有严肃之感，横的形式有和平之感。只要比较观看直线和横线，便可知道形式感情的区别。直线是阶级的，横线是平等的。直线有危险性，横线则表示永久的安定。故直线比横线森严，横线比直线可亲。森林多直线，使人感到凛然；流水多横线，使人感到爽快。上海近来高层建筑日渐增多，虽然没有像森林一般密，也可谓"林立"了。我们身在高不可仰的大建筑物下面行走，觉得自己的身体在相形之下非常邈小，自然地感到一种恐怖。设想这种高大的建筑物假如坍倒下来，可使许多人粉身碎骨，好像大皮鞋落在蚂蚁队伍上一样。

高层建筑是现代艺术的主要的题材，这正在世界各资本主义的大都市中蓬勃地发展着。世间的建筑家，多数正在尽心竭力地从事于摩天阁建造法的研究。他们想把向来的横的市街改造为直的，想把向来的和平可亲的市街改造为危险可怕的。

上海分明已经受着这种改造，杭州还不会。因此我觉得杭州可爱；但可爱的也只是杭州的形式而已。

1934年12月17日于石门湾缘缘堂

# 胡桃云片

　　凭窗闲眺,想觅一个随感的题目。

　　说出来真觉得有些惭愧:今天我对于展开在窗际的"一二八"战争的炮火的痕迹,不能兴起"抗日救国"的愤慨,而独仰望天际散布的秋云,甜蜜地联想到松江的胡桃云片。也想把胡桃云片隐藏在心里,而在嘴上说抗日救国。但虚伪还不如惭愧些吧。

　　三四年前在松江任课的时候,每星期课毕返上海,黄包车经过望江楼隔壁的茶食店,必然停一停车,买一尺胡桃云片带回去吃。这种茶食是否松江的名物,我没有调查过。我是有一回同一个朋友在望江楼喝茶,想买些点心吃吃,偶然在隔壁的茶食店里发见的。发见以后,我每次携了藤箧坐黄包车出城的时候必定要买。后来成为定规,那店员看见我的车子将停下来,就先向橱窗里拿一尺糕来称分量。我走到柜上,不必说话,只须摸出一块钱来等他找我。他找我的有时两角小洋,有时只几个铜板,视糕的分量轻重而异。每月的糕钱约占了我的薪水的十二分之一。我为什么肯拿薪水的十二分之一来按星期致送这糕店呢?因为这种糕实有使我欢喜之处,且听我说:

　　云片糕,这个名词高雅得很。云片二字是糕的色彩形状的印象的描写。其白如云，其薄如片，名之曰云片，真是高雅而又适当。假如有一片糕向空中不翼而飞，我们大可用古人"白云一片去悠悠"之句来题赞这景象。但我还以为这名词过于象征了些。因为糕的厚薄固然宜于称片，但就糕的轮廓的形状上看，对于上面的云字似觉不切。这糕的四边是直线，四根直线围成一个长方形。用直线围成的长方形来比拟天际缭绕不定的云，似乎过于象征而有些牵强了。若把云片二字专用于胡桃云片上，那么我就另有一种更有趣味的看法。

胡桃云片，本是加有胡桃的云片糕的意思。想象它的制法，大约是把一块一块的胡桃肉装入米粉里，做成一段长方柱形，然后用刀切成薄薄的片。这样一来，每一片糕上都有胡桃肉的各种各样的切断面的形状。胡桃肉的形体本是非常复杂，现在装入糕中而切成片子，就因了它的位置、方向，及各部形体的不同，而在糕片上显出变化多样的形象来。试切下几片糕来，不要立刻塞进口里，先来当作小小的画片观赏一下。有许多极自然的曲线，描出变化多样的形象，疏疏密密地排列在这些小小的画片上。倘就各个形象看：有的像果物，有的像人形，有的像鸟兽，还有许多像台湾。就全体看：有时像蠹鱼钻过的古书，有时像别的世界的地图，有时像古代的象形文字，然而大都疏密无定，颇像现在窗外的散布着秋云的天空。古人诗云："人似秋云散处多。"秋天的云，大都是一朵一朵地分散而疏密无定的。这颇像胡桃云片上的模样。故我每吃胡桃云片便想起秋天，每逢秋天便想吃胡桃云片。根据了这看法而称这种糕曰"胡桃云片"，岂不更为雅致适切而更有趣味吗？

松江人似乎曾在胡桃云片上发见了这种画意的。他们所制的糕，不像别处的产物似的仅在云片中嵌入胡桃肉，他们在糕的四周用红色的线条作一黄金律的缘，而把胡桃的断面装点在这缘线内。这宛如在一幅中国画上加了装裱，或是在一幅西洋画上加了镜框，画的意趣更加焕发了。这些胡桃肉受了缘的隔离，已与实际的世间绝缘，不复是可食的胡桃肉，而成为独立的美的形体了。

因这缘故，松江的胡桃云片使我特别欢喜。辞了松江的教职以后，我不能常得这种胡桃糕，但时时要想念它——例如今天凭窗闲眺而望天际散布的秋云的时候。读者也许要笑："你在想吃松江胡桃糕，何必絮絮叨叨地说出这一大篇！"不，不，我要吃糕很容易：到江湾街上去买两百文胡桃肉，七个铜板云片糕，拿回家来用糕包裹胡桃肉，闭了眼睛塞进嘴里，嚼起来味道和松江胡桃云片完全一样。我的想念松江胡桃云片，是为了想看。至少，半是为了想看，半是为了想吃。若要说吃，我吃这种糕是并用了眼睛和嘴巴而吃的。

我们中国的市上，仅用嘴巴吃的东西太多了。因此使我拿薪水的十二分之一来按星期致送松江的糕店，又使我在江湾的窗际遥遥地想念松江的胡桃云片。我希望我国到处的市上，并用眼睛和嘴巴来吃的东西渐渐多起来。不但嘴吃的东西，身体各部所用的东西，也都要教眼睛参加进去才好。我又希望我国到处的市上，并用眼睛和身体来用的东西也渐渐多起来。

1932年11月1日

第四章

# 艺术鉴赏的态度

艺术家的同情心，不但及于同类的人物而已，又普遍地及于一切生物、无生物；犬马花草，在美的世界中均是有灵魂而能泣能笑的活物了。

# 美与同情

有一个儿童,他一走进我的房间里,便给我整理东西。他看见我的挂表的面合覆在桌子上,给我翻转来。看见我的茶杯放在茶壶的环子后面,给我移到口子前面来。看见我床底下的鞋子一顺一倒,给我掉转来,看见我壁上的立幅的绳子拖出在前面,搬了凳子,给我藏到后面去,我谢他:"哥儿,谢谢你这样勤勉地给我收拾!"

他回答我说:

"不是,因为我看了那种样子,心情很不安适。"是的,他曾说:"挂表的面合覆在桌子上,看它何等气闷!""茶杯躲在它母亲的背后,教它怎样吃奶奶?""鞋子一顺一倒,教它们怎样谈话?""立幅的辫子拖在前面,像一个鸦片鬼。"我实在钦佩这哥儿同情心的丰富。从此,我也着实留意于东西的位置,体谅东西的安适了。它们的位置安适,我们看了心情也安适。于是我恍然悟到,这就是美的心境,就是文学的描写中所常用的手法,就是绘画的构图上所经营的问题。这都是同情心的发展。普通人的同情只能及于同类的人,或至多及于动物,但艺术家的同情非常深广,与天地造化之心同样深广,能普及于有情、非有情的一切物类。

我次日到高中艺术科上课,就对他们做这样的一番讲话:

世间的物有各种方面,各人所见的方面不同。譬如一株树,在博物家、园丁、木匠、画家,所见各人不同。博物家见其性状,园丁见其生息,木匠见其材料,画家见其姿态。

但画家所见的,与前三者又根本不同。前三者都有目的,都想起树的因果关系,画家只是欣赏目前的树的本身的姿态,而别无目的。所以画家所见的方面,是形式的方面,不是实用的方面。换言之,是美的世界,不是真善的世界。美的世界中的价值标准,与真善的世界中全然不同。我们仅就事物的形状、色彩、姿态而欣赏,更不顾问其实用方面的价值了。

所以,一枝枯木,一块怪石,在实用上全无价值,而在中国画家眼里是很好的题材。无名的野花,在诗人的眼中异常美丽。故艺术家所见的世界,可说是一视同仁的世界、平等的世界。艺术家的心,对于世间一切事物都给以热诚的同情。

故普通世间的价值与阶级,入了画中便全部撤销了。画家把自己的心移入于儿童的天真的姿态中而描写儿童,又同样地把自己的心移入于乞丐的痛苦的表情中而描写乞丐。画家的心,必常与所描写的对象相共鸣共感、共悲共喜、共泣共笑,倘不具备这种深广的同情心,而徒事手指的刻画,绝不能成为真的画家。即使他能描画,所描的至多仅抵一幅照相。

画家须有这种深广的同情心,故同时又有丰富而充实的精神力不可。倘其伟大不足与英雄相共鸣,便不能描写英雄,倘其柔婉不足与少女相共鸣,便不能描写少女。故大艺术家必是大人格者。

艺术家的同情心,不但及于同类的人物而已,又普遍地及于一切生物、无生物。犬马花草,在美的世界中均是有灵魂而能泣能笑的活物了。诗人常常听见子规的啼血、秋虫的促织,看见桃花的笑东风、蝴蝶的送春归,用实用的头脑看来,这些都是诗人的疯话。其实我们倘能身入美的世界中,而推广其同情心,及于万物,就能切实地感到这些情景了。画家与诗人是同样的,不过画家注重其形色姿态的方面而已。没有体得龙马的活力,不能画龙马;没有体得松柏的劲秀,不能画松柏。中国古来的画家都有这样的明训。西洋画何独不然?我们画家描一个花瓶,必其心移入于花瓶中,自己化作花瓶,体得花瓶的力,方能表现花瓶的精神。我们的心要能与朝阳的光芒一同放射,方能描写朝阳;能与海波的曲线一同跳舞,方能描写海波。这正是"物我一体"的境涯,万物皆备于艺术家的心中。

为了要有这点深广的同情心,故中国画家作画时先要焚香默坐,涵养精神,然后和墨伸纸,从事表现。其实西洋画家也需要这种修养,不过不曾明言这种形式而已。不但如此,普通的人,对于事物的形色姿态,多少必有一点共鸣共感的天性。房屋的布置装饰,器具的形状色彩,所以要求其美观者,就是为了要适应天性的缘故。眼前所见的都是美的形色,我们的心就与之共感而觉得快适;反之,眼前所见的都是丑恶的形色,我们的心也就与之共感而觉得不快。不过共感的程度有深浅高下不同而已。对于形色的世界全无共感的人,世间恐怕没有;有之,必是天资极陋的人,或理智的奴隶,那些真是所谓"无情"的人了。

在这里，我们不得不赞美儿童了。因为儿童大都是最富于同情的，且其同情不但及于人类，又自然地及于猫犬、花草、鸟蝶、鱼虫、玩具等一切事物，他们认真地对猫犬说话，认真地和花接吻，认真地和人像玩耍，其心比艺术家的心真切而自然得多！他们往往能注意大人们所不能注意的事，发现大人们所不能发现的点。所以，儿童的本质是艺术的。换言之，即人类本来是艺术的，本来是富于同情的。只因长大起来受了世俗的压迫，把这点心灵阻碍或消磨了。唯有聪明的人，能不屈不挠。外部即使饱受压迫，而内部仍旧保藏着这点可贵的心。这种人就是艺术家。

西洋艺术论者论艺术的心理，有"感情移入"之说。所谓感情移入，就是说我们对于美的自然或艺术品，能把自己的感情移入于其中，没入于其中，与之共鸣共感，这时候就体验到美的滋味。我们又可知这种自我没入的行为，在儿童的生活中为最多。他们往往把兴趣深深地没入在游戏中，而忘却自身的饥寒与疲劳。《圣经》中说："你们不像小孩子，便不得进入天国。"小孩子真是人生的黄金时代！我们的黄金时代虽然已经过去，但我们可以因了艺术的修养而重新面见这幸福、仁爱而和平的世界。

1929 年 9 月 8 日

# 写生世界（上）

尝过了中年的辛味而回想青年时代的生活，真是诗趣丰富啊！我的青年时代回想中，写生的生活特别可憧憬。那时，我能全心投入在写生的世界中。现在虽也有时梦到这世界，但远不像昔日那样深入了。

记得我热衷于写生的青年时代，对于自然界的静物、风景、人物，都做别开生面的看法。我独自优游于这新世界中。

我到水果店里去选购静物写生用的模特儿，卖水果的人代我选出一件来，忠告我："这一种'有吃没看相'，价钱便宜，味道又好。"但我偏要选那带叶的橘子。他告诉我："那是不熟的，味道不好，价钱倒贵！"我在心中窃笑：你哪能知道我的选择的标准呢？我叫工人去买些野菜来写生，他拖了一捆肥胖而外叶枯焦的黄矮菜来。我嫌他买得不好，他反抗："这种菜再肥嫩没有了。"我叹了一声："唉！你懂什么！我自己去买吧！"我选了两株苍老而瘦长的白菜来，他笑我："这种菜最没吃头了！这是没人要买的！"我想为他解说这菜的形状色彩的美，既而作罢。我以为没人知道美，所以没人要买这菜。不管旁人讪笑，我就去为我这美丽的白菜写照了。

我走进瓷器店,在柜角底下发现了一口灰尘堆积的瓦瓶,样子怪入画的,颜色怪调和的,好似得了宝贝,特捧着问价钱,好像防别人抢买去似的。店员告诉我:"勿瞒你说,这瓶是漏的,所以搁着。你要花瓶买这个好。"他在架上拿了一口金边而描着人物细花的瓷瓶递给我,一面伸手来取我手中的漏花瓶。我一瞧那瓷瓶连忙摇头:"我不要那种。漏不要紧的!"满堂的店员都注视着我,表示惊怪的样子。我知道他们都把我当疯子看了。但我的确发现这漏瓶的美的价值,有恃无恐,这班无知商人管他们做什么!我终于买了那漏瓦瓶回家,放在窗下写了一幅;添几个橘子又写了一幅;衬了深红色的背景布,又写了更得意的一幅。

隔壁豆腐店里做喜事,借我们的屋子摆酒筵。茶担上发来的碗筷中,有一种描蓝花的直口的酒碗,牵惹了我的注意。这种碗形状朴素,花纹古雅,好一个静物模特儿。我问茶担上的人这种碗哪里买的,他回答我,这是从前的东西,现在没处买了。我想:对不起,吃过酒让我偷一只吧。但动了这念头有些儿贼胆心虚,我终于托豆腐店里的人向茶担转卖一只给我。豆腐店里人笑道:"这种是江北碗,最粗糙、最便宜的东西!你要,拿几只去,我们算账时多给他几个铜子好了。"我的书架上又多了一件宝贝。

我的书架上陈列了许多静物模特儿。有瓶,有甏,有碗,有盆,有盘,有钵,有玩具,有花草,在别人看来大都不值一文,在我看来个个有灵魂似的。我时时拿它们出来经营布置,左眺右望,远观近察。别人笑我,真是"时人不识予心乐"啊!

1932年冬为开明函授学校《学员俱乐部》作

# 写生世界（下）

去年冬天我曾在《俱乐部》中描写过我幼时所漫游的写生世界的光景。那时因为自来水笔尖冻冰，只写了静物一段就中止。现在《俱乐部》又催稿了。我凝视着我的笔尖探索去冬的感想，那墨水结成的小冰块隐约在目，举头眺望窗际，不复是雨雪霏霏的冬景，已变成明媚鲜妍的春光了。心头闪过一阵无名的感动，这种感动和艺术的心似有同源共流的关系。我就来继续描写我青年时代的艺术的心吧。

说出来真是不恭之至：我小时在写生世界中，把人不当作人看，而当作静物或景物看。似觉这世间只有我一个是人。除了我一个人之外，眼前森罗万象都是供我研究的写生模型。我把我的先生、我的长辈、我的朋友，看作与花瓶、茶壶、罐头同类的东西。我的师友戚族听到这句话或将骂我无礼，我的读者看到这句话或将讥我傲慢，其实非也：这是我在写生世界里的看法。写生世界犹似梦境，梦中杀人也无罪。况且我曾把书架上的花瓶、茶壶、罐头等静物恭敬地当作人看，现在不过是掉换一个位置罢了。

我在学校里热心地描写石膏头像的木炭画，半年后归家，看见母亲觉得异样了。母亲对我说话时,我把母亲的脸孔当作石膏头像看,只管在那里研究它的形态及画法。我虽在母亲的怀里长大起来,但到这一天方才知道我的母亲的脸孔原来是这样构成的!她的两眼的上面描着整齐而有力的复线,她的鼻尖向下勾,她的下颚向前突出。我惊讶我母亲的相貌类似德国乐剧家华葛内尔(瓦格纳)的头像(这印象很深,直到现在,我在音乐书里看见华葛内尔的照片便立刻联想到我已故的母亲)!我正在观察的时候,蓦地听见母亲提高了声音诘问:"你放在什么地方的?你放在什么地方的?失掉了吗?"

母亲在催我答复。但我没有听到她以前的话,茫然不知所对,支吾地问:"什么东西放在什么地方的?"

母亲惊奇地凝视我,眼光里似乎在说:"你这回读书回家,怎么耳朵聋了?"原来我当作华葛内尔头像而出神地观察她的脸孔的时候,她正在向我叙述前回怎样把零用钱五元和新鞋子一双托便人带给我,那便人又为了什么缘故而缓日动身,以致收到较迟;最后又诘问我换下来的旧鞋子放在什么地方。我对于她的叙述听而不闻,因为我正在出神地观察,心不在焉。

我读 Figure Drawing(《人体素描》,这是一册专讲人体各部形状描法的英文书),读到普通人的眼睛都生在头长的二等分处一原则,最初不相信,以为眼总是生在头的上半部的。后来用铅笔向人头实际测量,果然从头顶至眼之长等于从眼至下颚之长,我非常感佩!才知道从前看人头时的错觉所欺骗,眼力全不正确。错觉云者:我一向看人头时,以为眼的上面只有眉一物,而眼的下面有鼻和口二物,眉只是狭窄的两条黑线,不占地位,又没有什么作用。鼻又长又突出,会出鼻涕,又会出烟气。口构造复杂,会吃东西,又会说话,作用更大。这样,眼的上面非常寂寥,而下面非常热闹,便使我错认眼是生在头的上部。实则眼位于头的正中。发育未完的儿童,甚至位在下部三分之一处。我知道了这原则,欢喜至极!从此时时留意,看见了人头便目测其中的眼的位置,果然百试不爽。有一次我搭了西湖上的小船到岳坟去写生,搭船费每人只要三个铜板。搭客众多,船行迟迟。我看厌了西湖的山水,再把视线收回来看船里的搭客。我看见各种各样的活的石膏模型,摇摇摆摆地陈列在船中。我向对座的几个头像进行目测,忽然发现其中有一个老人相貌异常,眼睛生得很高。据我目测的结果,他的眼睛绝不在于正中,至少眼睛下面的部分是头的全长的五分之三。*Figure Drawing* 中曾举种种不合普通原则的特例,我想我现在又发现了一个。但我仅凭目测,不敢确信这老人是特例。我便错认这船为图画教室,向制服袋里抽出一支铅笔来,用指扣住笔杆,举起手来向那老人的头部实行测量了。船舱狭小,我和老人之间的距离不过三四尺,我对着他擎起铅笔,他以为我是拾得了他所遗落的东西而送还他,脸上便表出笑颜而伸手来接。这才使我觉悟我所测量的不是石膏模型。我正在惭悚不知所云的时候,那老人笑着对我说:

"这不是我的东西,嘿嘿!"

我便顺水推船,收回了持铅笔的手。但觉得不好把铅笔藏进袋里去,又不好索性牺牲一支铅笔而持向搭船的大众招领,因为和我并坐着的人是见我从自己袋里抽出这支铅笔来的。我心中又起一阵惭悚,觉得自己的脸上发热了。

这种惭悚终于并不白费。后来我又在人体画法的书上读到:老人因为头发减薄,下颚筋肉松懈,故眼的位置不在正中而稍偏上部。我便在札记簿上记录了一条颜面画法的完全的原则:"普通中年人的眼位在头的正中,幼儿的眼位在下部,老人的眼稍偏上部。"

但这种惭悚不能阻止我的非人情的行为。有一次我在一个火车站上等火车,车子总是不来,月台上的长椅子已被人坐满,我倚在柱上闲看景物。对面来了一个卖花生米的江北人。他的脸孔的形态强烈地牵惹了我的注意,那月台立刻变成了我的图画教室。

我只见眼前的雕像脸孔非常狭长,皱纹非常繁多。哪一条线是他的眼睛,竟不大找寻得出。我曾在某书上看到过"舊[1]字面孔"一段话,说有一个人的脸孔像一个"舊"字。这回我所看见的,正是"舊字面孔"的实例了。我目测这脸孔的长方形的两边的长短的比例,估定它是三与一之比。其次我想目测他的眼睛的位置,但相隔太远,终于看不出眼睛的所在。远观近察,原是图画教室里通行的事,我不知不觉地向他走近去仔细端详了。并行在这长方形内的无数的皱纹线忽然动起来,变成了以眉头为中心而放射的模样,原来那江北人以为我要买花生米,故笑着擎起篮子在迎接我了。

"买几个钱?"

---

[1] 为"旧"的繁体字,尊重原著,保留繁体写法。

他的话把我的心从写生世界里拉回到月台上。我并不想吃花生米，但在这情形之下不得不买了。

"买三个铜板！"

我一面伸手探向袋里摸钱，一面在心中窃笑。我已把两句古人的诗不押平仄地改作了：

"时人不识予心乐，将谓要吃花生米。"


1933年春为开明函授学校《学员俱乐部》作

# 视觉的食粮

世间一切美术的建设与企图,无非为了追求视觉的慰藉。视觉的需要慰藉,同口的需要食物一样,故美术可说是视觉的粮食。人类得到了饱食暖衣,物质的感觉满足以后,自然会进而追求精神的感觉——视觉——的快适。故从文化上看,人类不妨说是"饱暖思美术"的动物。

我个人的美术研究的动机,逃不出这公例。也是为了追求视觉的粮食。约三十年之前,我还是一个黄金时代的儿童,只知道人应该饱食暖衣,梦也不曾想到衣食的来源。美术研究的动机的萌芽,在这时光最宜于发生。我在母亲的保护之下获得了饱食暖衣之后,每天所企求的就是"看"。无论什么,只要是新奇的,好看的,我都要看。现在我还可历历地回忆:玩具,花纸,吹大糖担,新年里的龙灯,迎会,戏法,戏文,以及难得见到的花灯……曾经给我的视觉以何等的慰藉,给我的心情以何等热烈的兴奋!

就中最有力地抽发我的美术研究心的萌芽的,要算玩具与花灯。当我们的儿童时代,玩具的制造不及现今的发达。我们所能享用的,还只是竹龙、泥猫、大阿福,以及江北船上所制造的各种简单的玩具而已。然而我记得：我特别爱好的是印泥菩萨的模型。这东西现在已经几乎绝迹，在深乡间也许还有流行。其玩法是教儿童自己用黏土在模型里印塑人物像的，所以在种种玩具中，对于这种玩具觉得兴味最浓。我们向江北人买几个红沙泥烧料的阴文的模型和一块黄泥（或者自己去田里挖取一块青色的田泥，印出来也很好看），就可自由印塑。我曾记得，这种红沙泥模型只要两文钱一个。有弥勒佛像，有观世音像，有关帝像，有文昌像，还有孙行者，猪八戒，蚌壳精，白蛇精各像，还有猫，狗，马，象，宝塔，牌坊等种种模型。我向母亲讨得一个铜板，可以选办五种模型和一大块黄泥（这是随型附送，不取分文的），拿回家来制作许多的小雕塑。明天再讨一个铜板，又可以添办五种模型。积了几天，我已把江北人担子所有的模型都买来，而我的案头就像罗汉堂一般陈列着种种的造像了。我记得，这只江北船离了我们的石门湾之后，不久又开来了一只船，这船里也挑上一担红沙泥模型来，我得知了这个消息之后，立刻去探找，果然被我找到，而且在这担子上发现了许多与前者不同的新模型。我的欢喜不可名状！恐怕被人买光，立刻筹集巨款，把所有的新模型买了回来。又热心地从事塑造。案头充满了焦黄的泥像，我觉得单调起来。就设法办得铅粉和胶水，用洗净的旧笔为各像涂饰。又向我们的染坊作场里讨些洋红洋绿来，调入铅粉中，在各像上施以种种的色彩。更进一步，我觉得单靠江北船上供给的模型，终不自由。照我的游戏欲的要求，非自己设法制造模型不可。我先用黏土作模型，自己用小刀雕刻阴文的物象，晒干，另用湿黏土塑印。

然而这尝试是失败的：那黏土制的模型易裂，易粘，雕得又不高明，印出来的全不足观。失败真是成功之母！有一天，计上心来。我用洋蜡烛油作模型，又细致，又坚韧，又滑润，又易于奏刀。材料虽然太费一点，但是刻坏了可以熔去再刻，并不损失材料。刻成了一种物象，印出了几个，就可把这模型熔去，另刻别的物象。这样，我只要牺牲半支洋蜡烛，便可无穷地创作我的浮雕，谁说这是太费呢。这时候我正在私塾读书。这种雕刻美术在私塾里是同私造货币一样地被严禁的。我不能拿到塾里去弄，只能假后回家来创作，因此荒废了我的《孟子》的熟读。我记得，曾经为此吃先生的警告和母亲的责备。终于不得不疏远这种美术而回到我的《孟子》里。现在回想，我当时何以在许多玩具中特别爱好这种塑造呢？其中大有道理：这种玩具，最富于美术意味，最合于儿童心理，我认为是着实应该提倡的。竹龙，泥猫，大阿福之类，固然也是一种美术的工艺。然而形状固定，没有变化，又只供鉴赏，不可创作。儿童是欢喜变化的，又是抱着热烈的创作欲的。故固定的玩具，往往容易使他们一玩就厌。那种塑印的红沙泥模型，在一切玩具中实最富有造型美术的意义，又最富有变化。故我认为自己的偏好是极有因的。现今机械工业发达，玩具工厂林立。但我常常留意各玩具店的陈列窗，觉得很失望。新式的玩具，不过质料比前精致些，形色比前美丽些，在意匠上其实并没有多大的进步，多数的新玩具，还是形状固定，没有变化，甚至缺乏美术意味的东西。想起旧日那种红沙泥模型的绝迹，不觉深为惋惜。只有数年前，曾在上海的日本玩具店里看见过同类的玩具：一只纸匣内，装着六个白瓷制的小模型，有人像，动物像，器物型，三块有色彩的油灰，和两把塑造用的竹刀。这是以我小时所爱好的红沙泥模型为原则而改良精制的。我对它着实有些儿憧憬！它曾经是我幼时所热烈追求的对象，它曾经供给我的视觉以充分的粮食，它是我的美术研究的最初的启发者。想不到在二十余年之后，它竟是外国人给穿了改良的新装而与我重见的！

更规模地诱导我美术制作的兴味的，是迎花灯。在我们石门湾地方，花灯不是每年例行的兴事。隔数年或十数年举行一次。时候总在春天，春耕已毕而蚕子未出的空当里，全镇上的人一致兴奋，努力制造各式的花灯，四周农村里的人也一致兴奋，天天夜里跑到镇上来看灯，仿佛是千载一遇的盛会。我的儿童时代总算是幸运的，有一年躬逢其盛。那时候虽然已到了清朝末年，不是十分太平的时代，但民生尚安，同现在比较起来，真可说是盛世了。我家旧有一顶彩伞，它的年龄比我长，是我的父亲少年时代和我姑母二人合作的。平时宝藏在箱笼里，每逢迎花灯，就拿出来参加。我以前没有见过它，那时在灯烛辉煌中第一次看见它，视觉感到异常的快适。所谓彩伞，形式大体像古代的阳伞，但作六面形，每面由三张扁方形的黑纸用绿色绫条粘接而成，即全体由三六十八张黑纸围成。这些黑纸上便是施美术工作的地方。伞的里面点着灯，但黑纸很厚，不透光，只有黑纸上用针刺孔的部分映出灯光来。故制作的主要工夫就是刺孔。这十八张黑纸，无异十八幅书画。每张的四周刺着装饰图案的带模样，例如万字，八结，回纹，或各种花鸟的变化。带模样的中央，便是书画的地方。若是书，则笔笔剪空,空处粘着白色的熟矾纸,映着明亮的灯光,此外的空地上又刺着种种图案花纹,作为装饰的背景。若是画,则画中的主体(譬如画的是举案齐眉,则梁鸿、孟光二人是主体)剪空,空处粘白色的熟矾纸,纸上绘着这主体的彩色图,使在灯光中灿烂地映出。其余的背景(譬如梁鸿的书桌,室内的光景,窗外的花木等)用针刺出,映着灯光历历可辨。这种表现方法,我现在回想,觉得其刺激比一切绘画都强烈。自来绘画之中,西洋文艺复兴期的宗教画,刺激最弱。为了他们把画面上远近大小一切物象都详细描写,变成了照相式的东西,看时不得要领,印象薄弱,到了19世纪末的后期印象派,这点方被注意。他们用粗大的线条,浓厚的色彩与单纯的手法描写各物,务使画中的主体强明地显现在观者的眼前。这原是取法于东洋的。东洋的粗笔画,向来取这么单纯明快的表现法,有时甚至完全不写背景,仅把一块石头或一枝梅花孤零零地描在白纸上,使观者所得印象十分强明。然而,这些画远不及我们那顶彩伞的画的强明:那画中的主体用黑纸作背景,又映在灯光中,显得非常触目,而且背景并非全黑,那针刺的小孔,隐隐地映出各种陪衬的物象来,与主体有机地造成一个美满的画面。其实这种彩伞不宜拿了在路上走,应该是停置在一处,供人细细观赏的。我家的那顶彩伞,尤富有这个要求。因为在全镇上的出品中,我们的彩伞是被公推为最精致而高尚的,字由我的父亲手书,句语典雅,笔致坚秀,画是我姑母的手笔,取材优美,布局匀称。针刺的工作也全由他们亲自担任,疏密适宜,因之光的明暗十分调和,比较起去年我乡的灯会中所见新的作品,题着"提倡新生活"的花台,画着摩登美女的花盆来,其工粗雅俗之差,不可以道里计了。我由这顶彩伞的欣赏,渐渐转入创作的要求。得了我大姐的援助,在灯期中立刻买起黑纸来,裁成十八小幅。作画,写字,加以图案,安排十八幅书画。然后剪空字画,粘贴矾纸,把一个盛老烟的布袋衬在它们底下,用针刺孔。我们不但日里赶作,晚上也常常牺牲了看灯,伏在室内工作。虽然因为工作过于繁重,没有完成灯会已散,但这一番的尝试,给了我美术制作的最初的欢喜。我们于灯会散后在屋里张起这顶自制的小彩伞来,共相欣赏,比较,批评。自然远不及大彩伞的高明。但是,能知道自己的不高明,我们的鉴赏眼已有几分进步了。我的学书学画的动机,即肇始于此。我的美术研究的兴味,因了这次灯会期间的彩伞的试制而更加浓重了。去年的春天,我乡又发起灯会。这是我生所逢到的第三次,但第二次我糊口于远方,未曾亲逢,我所亲逢的这是第二次。照上述的因缘看来,去年我应该踊跃参加。然而不然,我只陪了亲友勉强看几次灯。非但自己不制作,有时连看都懒得。这是什么缘故?一时自己也说不清,大约要写完了这篇文章方才明白。

言归本题:最有力地抽发我的美术研究心的萌芽的,是上述的玩具和花灯。然而,给我的视觉以最充分的粮食的,也只有这种玩具和花灯。那种红沙泥模型的塑印,原是很幼稚的一种手工,给孩儿们玩玩的东西,说不上美术研究。那种彩伞的制作也只是雕虫小技,仅供消闲娱乐而已,不能说是正大的美术创作。然而前面说过,世间一切美术的建设与企图,无非为了追求视觉的慰藉。上两者在美术上虽是玩具或小技，但其对于当时的我，一个十来岁的儿童，的确奏了极伟大的美术的效果，给了我最充分的视觉的粮食。因为自此以后，我的年纪渐长，美术研究之志渐大，我的经历渐多，美术鉴赏之眼渐高。研究之志渐大，就舍去目前的小慰藉的追求而从事奋斗，鉴赏之眼渐高，就发现眼前缺乏可以慰藉视觉的景象，而退入苟安，陷入空想。美术是人生的"乐园"，儿童是人生的"黄金时代"。然而出了黄金时代，美术的乐园就减色，可胜叹哉！

怎样会减色呢？让我继续告诉我的读者吧，为了上述的因缘，我幼时酷好描画。最初我热心于印《芥子园人物谱》。所谓印，就是拿薄纸盖在画谱上，用毛笔依样印写。写好了添上颜色，当作自己的作品。后来进小学校，看见了商务印书馆出版的《铅笔画临本》《水彩画临本》，就开始临摹，觉得前此之印写，太幼稚了。临得惟妙惟肖，就当作自己的佳作。后来进中学校，知道学画要看着实物而描写，就开始写生，觉得前此之临摹，太幼稚了。写生一把茶壶，看去同实物一样，就当作自己的杰作！后来我看到了西洋画，知道了西洋画专门学校的研究方法，又觉得前此的描画都等于儿戏，欲追求更多的视觉的粮食，非从事专门的美术研究不可。我就练习石膏模型木炭写生。奋斗就从这里开始。大凡研究各种学问，往往在初学时尝到甜味，一认真学习起来，就吃尽苦头。有时简直好像脱离了本题，转入另外一种坚苦的工作中。为了学习绘画而研究坚苦的石膏模型写生，正是一个适例。近来世间颇反对以石膏模型写生当作绘画基本练习的人。西洋的新派画家，视此道为陈腐的旧法，中国写意派画家或非画家，也鄙视此道，以为这是画家所不屑做的机械工作。我觉得他们未免胆子太大，把画道看得太小了。我始终确信，绘画以"肖似"为起码条件，同人生以衣食为起码条件一样。谋衣食固然不及讲学问道德一般清高。然而衣食不足，学问道德无从讲起，除非伯夷、叔齐之流。学画也如此，单求肖似固然不及讲笔法气韵的清高。然而不肖似物象，笔法气韵亦无从寄托。有之，只有立体派构成派之流。苏东坡诗云："论画以形似，见与儿童邻。"正是诗人的夸张之谈。订正起来，应把他第一句诗中的"以"字改为"重"字才行。话归本题：我从事石膏模型写生之后，为它吃了不少的苦。因为石膏模型都是人的裸体像，而人体是世界最难描得肖似的东西。五官，四肢，一看似觉很简单，独不知形的无定，线的刚柔，光的变化，色的含混，在描写上是最困难的工作。我曾经费了十余小时的工夫描一个 Venus（维纳斯）像，然而失败了。因为注意了各小部分，疏忽了全体的形状和调子。以致近看各部皆肖似，而走远来一望，各部大小不称，浓淡失调，全体姿势不对。我曾经用尽了眼力描写一个 Laocoon（拉奥孔）像，然而也失败了。因为注意了部分和全体的相称，疏忽了用笔的刚柔，把他全身的肌肉画成起伏的岩石一般。我曾在灯光下描写 Homeros（荷马）像，一直描到深夜不能成功。为的是他的卷发和胡须太多，无论如何找不出系统的调子，因之画面散漫无章，表不出某种方向的灯光底下的状态来。放下木炭条，靠在椅背上休息的时光，我就想起：我在这里努力这种全体姿势的研究，肌肉起伏的研究，卷发胡须的研究，谁知也是为了追求视觉的慰藉呢？这些苦工，似乎与慰藉相去太远，似乎与前述的玩具和彩伞全不相关，谁知它们是出于同一要求之下的工作呢！我知道了，我是正在舍弃了目前的小慰藉而从事奋斗，希望由此获得更大的慰藉。

说来自己也不相信：经过了长期的石膏模型奋斗之后，我的环境渐渐变态起来了。我觉得眼前的"形状世界"不复如昔日之混沌，各种形状都能对我表示一种意味，犹如各个人的脸孔一般。地上的泥形，天上的云影，墙上的裂纹，桌上的水痕，都对我表示一种态度，各种植物的枝、叶、花、果，也争把各人所独具的特色装出来给我看。更有稀奇的事，以前看惯的文字，忽然每个字变成了一副脸孔，向我装着各种的表情。以前到惯的地方，忽然每一处都变成了一个群众的团体，家屋，树木，小路，石桥……各变成了团体中的一员，各演出相当的姿势而凑成这个团体，犹如耶稣与十二门徒凑成一幅《最后的晚餐》一般。……读者将以为我的话太玄妙吗？并不！石膏模型写生是教人研究世间最复杂最困难的各种形、线、调、色的。习惯了这种研究之后，对于一切形、线、调、色自会敏感起来。这犹之专翻电报的人，看见数目字会起种种联想，又好比熟习音乐的人，听见自然界各种声音时自能辨别其音的高低、强弱和音色。我久习石膏模型写生，入门于形的世界之后，果然多得了种种视觉的粮食：例如名画，以前看了莫名其妙的，现在懂得了一些好处。又如优良的雕刻，古代的佛像，以前未能相信先辈们的赞美的，现在自己也不期对他们赞美起来。又如古风的名建筑，洋风的名建筑，以前只知道它们的工程浩大，现在渐渐能够体贴建筑家的苦心，知道这些确是地上的伟大而美丽的建设了。又如以前临《张猛龙碑》《龙门二十品》《魏齐造像》，只是盲从先辈的指导，自己非但不解这些字的好处，有时却在心中窃怪，写字为什么要拿这种参差不整，残缺不全的古碑为模范？但现在渐渐发觉这等字的笔致与结构的可爱了。不但对于各种美术如此，在日常生活上，我也改变了看法，以前看见描着工细的金碧花纹的瓷器，总以为是可贵的，现在觉得大多数恶俗不足观，反不如本色的或简图案的瓷器来得悦目。以前看见华丽的衣服总以为是可贵的，现在觉得大多数恶劣不堪，反不如无花纹的，或纯白纯黑的来得悦目。以前也欢喜供一个盆景，养两个金鱼，现在觉得这些小玩意的美感太弱，与其赏盆景与金鱼，不如跑到田野中去一视伟大的自然美。我把以前收藏着的香烟里的画片两大匣如数送给了邻家的儿童。

　　我的美术鉴赏眼，显然是已被石膏模型写生的磨炼所提高了。然而这在视觉慰藉的追求上，是大不利的！我们这国家，民生如此凋敝，国民教养如此缺乏。"饱暖思美术"，我们的一般民众求饱暖尚不可得，哪有讲美术的余暇呢？因此我们的环境，除了山水原野等自然之外，凡人类社会，大多数地方只有起码的建设，谈不到美术，一所市镇，只要有了米店，棺材店，当铺，茅坑等日用缺少不来的设备，就算完全，更无暇讲求"市容"了。一个学校，只要有了座位和黑板等缺少不得的设备，就算完全，更无暇讲求艺术的陶冶了。一个家庭，只要有了灶头，眠床，板桌，马桶等再少不来的设备，也算完全，更无暇讲求形式的美观了。带了提高了的美术鉴赏眼，而处在上述的社会环境中，试问向哪里去追求视觉的慰藉呢？以前我还可没头于红沙泥模子的塑印中，及彩伞的制作中，在那里贪享视觉的快感。可是现在，这些小玩意只能给我的眼当作小点心，却不能当作粮食了。我的眼，所要求的粮食，原来并非贵族的、高雅的、深刻的美术品，但求妥帖的、调和的、自然的、悦目的形象而已。可是在目前的环境中，最缺乏的是这种形象。有时我笼闭在房间里，把房间当作一个小天地，施以妥帖、调和、自然而悦目的布置，苟安地在那里追求一些视觉的慰藉。或者，埋头在白纸里，将白纸当作一个小天地，施以妥帖、调和、自然而悦目的经营，空想地在那里追求一些视觉的慰藉。到了这等小天地被我看厌，视觉饥荒起来的时候，我唯有走出野外，向伟大的自然美中去找求粮食。然而这种粮食也不常吃。因为它们滋味太过清淡，犹如琼浆仙露，缺乏我们凡人所需要的"人间烟火气"。在人类社会的环境不能供给我以视觉的食粮以前，我大约只能拿这些苟安的、空想的、清淡的形象来聊以充饥了。

1935 年 11 月 13 日

# 学画回忆

假如有人探寻我儿时的事,为我作传记或讣启,可以为我说得极漂亮:"七岁入塾即擅长丹青。课余常摹古人笔意,写人物花鸟之图,以为游戏。同塾年长诸生竞欲乞得其作品而珍藏之,甚至争夺殴打。师闻其事,命出画观之,不信,谓之曰:'汝真能画,立为我作至圣先师孔子像!不成,当受罚。'某从容研墨伸纸,挥毫立就,神颖哗然。师弃戒尺于地,叹曰:'吾无以教汝矣!'遂装裱其画,悬诸塾中,命诸生朝夕礼拜焉。于是亲友竞乞其画像,所作无不惟妙惟肖。……"百年后的人读了这段记载,便会赞叹道:"七岁就有作品,真是天才,神童!"

朋友来信要我写些关于儿时学画的回忆的话。我就根据上面的一段话写些吧。上面的话都是事实,不过欠详明些,宜解释之如下:

我七八岁时——到底是七岁或八岁,现在记不清楚了。但都可说,说得小了可说是照外国算法的,说得大了可说是照中国算法的——入私塾,先读《三字经》,后来又读《千家诗》。《千家诗》每页上端有一幅木版画,记得第一幅画的是一只大象和一个人,在那里耕田,后来我知道这是"二十四孝"中的大舜耕田图。但当时并不知道画的是什么意思,只觉得看上端的画,比读下面的"云淡风轻近午天"有趣。我家开着染坊店,我向染匠司务讨些颜料来,溶化在小盅子里,用笔蘸了为书上的单色画着色,涂一只红象、一个蓝人、一片紫地,自以为得意。但那书的纸不是道林纸,而是很薄的中国纸,颜料涂在上面的纸上,会渗透下面好几层。我的颜料笔又吸得饱,透得更深。等得着好色,翻开书来一看,下面七八页上,都有一只红象、一个蓝人和一片紫地,好像用三色版套印的。

第二天上书的时候,父亲——就是我的先生——就骂,几乎要打手心;被母亲不知大姐劝住了,终于没有打。我抽抽咽咽地哭了一顿,把颜料盅子藏在扶梯底下了。晚上,等到先生——就是我的父亲——上鸦片馆去了,我再向扶梯底下取出颜料盅子,叫红英——管我的女仆——到店堂里去偷几张煤头纸来,就在扶梯底下的半桌上的"洋油手照"[1]底下描色彩画。画一个红人、一只蓝狗、一间紫房子⋯⋯这些画的最初的鉴赏者,便是红英。后来母亲和诸姐也看到了,她们都说"好";可是我没有给父亲看,防恐吃手心。这就叫作"七岁入塾即擅长丹青"。况且向染坊店里讨来的颜料不止丹和青呢!

后来,我在父亲晒书的时候找到了一部人物画谱,翻一翻,看见里面花样很多,便偷偷地取出了,藏在自己的抽斗里。晚上,又偷偷地拿到扶梯底下的半桌上去给红英看。这回不想再

---

[1] 作者家乡话,意即火油灯。

在书上着色；却想照样描几幅看，但是一幅也描不像。亏得红英想工[1]好，教我向习字簿上撕下一张纸来，印着了描。记得最初印着描的是人物谱上的柳柳州[2]像。当时第一次印描没有经验，笔上墨水吸得太饱，习字簿上的纸又太薄，结果描是描成了，但原本上渗透了墨水，弄得很龌龊，曾经受大姐的责骂。这本书至今还存在，最近我晒旧书时候还翻出这个弄龌龊了的柳柳州像来看：穿了很长的袍子，两臂高高地向左右伸起，仰起头作大笑状。但周身都是斑斓的墨点，便是我当日印上去的。回思我当日最初就印这幅画的原因，大概是为了他高举两臂作大笑状，好像我的父亲打呵欠的模样，所以特别有兴味吧。后来，我的"印画"的技术渐渐进步。十二三岁的时候（父亲已经弃世，我在另一私塾读书了），我已把这本人物谱统统印全。所用的纸是雪白的连史纸，而且所印的画都着色。着色所用的颜料仍旧是染坊里的，但不复用原色。我自己会配出各种的间色来，在画上施以复杂华丽的色彩，同塾的学生看了都很欢喜，大家说："比原本上的好看得多！"而且大家问我讨画，拿去贴在灶间里，当作灶君菩萨，或者贴在床前，当作新年里买的"花纸儿"。所以说我"课余常摹古人笔意，写人物花鸟之图，以为游戏。同塾年长诸生竞欲乞得其作品而珍藏之"，也都有因；不过其事实是如此。

至于学生夺画相殴打，先生请我画至圣先师孔子像，悬诸

---

1 作者家乡话，意即办法。
2 指柳宗元。后文柳子厚同指。

塾中，命诸生晨夕礼拜，也都是确凿的事实。你听我说吧：那时候我们在私塾中弄画，同在现在社会里抽鸦片一样，是不敢公开的。我好像是一个土贩或私售灯吃的，同学们好像是上了瘾的鸦片鬼，大家在暗头里做勾当。先生坐在案桌上的时候，我们的画具和画都藏好，大家一摇一摆地读"幼学"书。等到下午，照例一个大块头来拖先生出去吃茶了，我们便拿出来弄画。我先一幅幅地印出来，然后一幅幅地涂颜料。同学们便像看病时向医生挂号一样，依次认定自己所欲得的画。得画的人对我有一种报酬，但不是稿费或润笔，而是种种玩意儿：金铃子一对连纸匣；挖空老菱壳一只，可以加上绳子去当作陀螺抽的；"云"字顺治铜钱一枚（有的顺治铜钱，后面有一个字，字共有二十种。我们儿时听大人说，积得了一套，用绳编成宝剑形状，挂在床上，夜间一切鬼都不敢来。但其中，好像是"云"字，最不易得；往往为缺少此一字而编不成宝剑。故这种铜钱在当时的我们之间是一种贵重的赠品）；或者铜管子（就是当时炮船上新用的后膛枪子弹的壳）一个。有一次，两个同学为交换一张画，意见冲突，相打起来，被先生知道了。先生审问之下，知道相打的原因是为画；追求画的来源，知道是我所作，便厉喊我走过去。我料想是吃戒尺了，低着头不睬，但觉得手心里火热了。终于先生走过来了。我已吓得魂不附体；但他走到我的座位旁边，并不拉我的手，却问我："这画是不是你画的？"我回答一个"是"，预备吃戒尺了。他把我的身体拉开，抽开我的抽斗，搜查起来。我的画谱、颜料，以及印好而未着色的画，就都被他搜出。我以为这些东西全被没收了，结果不然,他但把画谱拿了去,坐在自己的椅子上一张一张地观赏起来。过了好一会,先生旋转头来叱一声:"读!"大家朗朗地读"混沌初开,乾坤始奠……"这件案子便停顿了。我偷眼看先生,见他把画谱一张一张地翻下去,一直翻到底。放假[1]的时候我夹了书包走到他面前去作一揖,他换了一种与前不同的语气对我说:"这书明天给你。"

明天早上我到塾,先生翻出画谱中的孔子像,对我说:"你能看了样画一个大的吗?"我没有防到先生也会要我画起画来,有些"受宠若惊"的感觉,支吾地回答说"能"。其实我向来只是"印",不能"放大"。这个"能"字是被先生的威严吓出来的。说出之后心头发一阵闷,好像一块大石头吞在肚里了。先生继续说:"我去买张纸来,你给我放大了画一张,也要着色彩的。"我只得说"好"。同学们看见先生要我画画了,大家装出惊奇和羡慕的脸色,对着我看。我却带着一肚皮心事,直到放假。

放假时我夹了书包和先生交给我的一张纸回家,便去向大姐商量。大姐教我,用一张画方格子的纸,套在画谱的书页中间。画谱纸很薄,孔子像就有经纬格子范围着了。大姐又拿缝纫用的尺和粉线袋给我在先生交给我的大纸上弹了大方格子,然后向镜箱中取出她画眉毛用的柳条枝来,烧一烧焦,教我依方格子放大的画法。那时候我们家里还没有铅笔和三角板、米突〔米(metre)〕尺,我现在回想大姐所教我的画法,其聪明

---

[1] 指放学。

实在值得佩服。我依照她的指导,竟用柳条枝把一个孔子像的底稿描成了;同画谱上的完全一样,不过大得多,同我自己的身体差不多大。我伴着了热烈的兴味,用毛笔勾出线条;又用大盆子调了多量的颜料,着上色彩,一个鲜明华丽而伟大的孔子像就出现在纸上。店里的伙计、作坊里的司务,看见了这幅孔子像,大家说:"出色!"还有几个老妈子,尤加热烈地称赞我的"聪明"和画的"齐整[1]",并且说:"将来哥儿给我画个容像,死了挂在灵前,也沾些风光。"我在许多伙计、司务和老妈子的盛称声中,俨然地成了一个小画家。但听到老妈子要托我画容像,心中却有些儿着慌。我原来只会"依样画葫芦"的!全靠那格子放大的枪花[2],把书上的小画改成为我的"大作";又全靠那颜色的文饰,使书上的线描一变而为我的"丹青"。格子放大是大姐教我的,颜料是染匠司务给我的,归到我自己名下的工作,仍旧只有"依样画葫芦"。如今老妈子要我画容像,说"不会画"有伤体面,说"会画"将来如何兑现?且置之不答,先把画缴给先生去。先生看了点头。次日画就粘贴在堂名匾下的板壁上。学生们每天早上到塾,两手捧着书包向它拜一下;晚上散学,再向它拜一下。我也如此。

自从我的"大作"在塾中的堂前发表以后,同学们就给我一个绰号"画家"。每天来访先生的那个大块头看了画,点点头对先生说:"可以。"这时候学校初兴,先生忽然要把我们的私

---

1 作者家乡话,意即漂亮。
2 江南一带方言中有"掉枪花"的说法,意即耍手段。

塾大加改良了。他买一架风琴来，自己先练习几天，然后教我们唱"男儿第一志气高，年纪不妨小"的歌。又请一个朋友来教我们学体操。我们都很高兴。有一天，先生呼我走过去，拿出一本书和一大块黄布来，和蔼地对我说："你给我在黄布上画一条龙，"又翻开书来，继续说："照这条龙一样。"原来这是体操时用的国旗。我接受了这命令，只得又去向大姐商量，再用老法子把龙放大，然后描线，涂色。但这回的颜料不是从染坊店里拿来，是由先生买来的铅粉、牛皮胶和红、黄、蓝各种颜色。我把牛皮胶煮溶了，加入铅粉，调制各种不透明的颜料，涂到黄布上，同西洋中世纪的fresco（壁画）画法相似。龙旗画成了，就被高高地张在竹竿上，引导学生通过市镇，到野外去体操。我悔不在体操后偷把龙旗藏过了，好让我的传记里添两句："其画龙点睛后忽不见，盖已乘云上天矣。"我的"画家"绰号自此更盛行，而老妈子的画像也催促得更紧了。

我再向大姐商量。她说二姐丈会画肖像，叫我到他家去"偷关子"。我到二姐丈家，果然看见他们有种种特别的画具：玻璃九宫格、擦笔、conte（木炭铅笔）、米突尺、三角板。我向二姐丈请教了些笔法，借了些画具，又借了一包照片来，作为练习的样本。因为那时我们家乡地方没有照相馆，我家里没有可用玻璃格子放大的四寸半身照片。回家以后，我每天一放学就埋头在擦笔照相画中。这原是为了老妈子的要求而"抱佛脚"的；可是她没有照相，只有一个人。我的玻璃格子不能罩到她的脸孔上去，没有办法给她画像。天下事有会巧妙地解决的。大姐在我借来的一包样本中选出某老妇人的一张照片来，说：

"把这个人的下巴改尖些，就活像我们的老妈子了。"我依计而行，果然画了一幅八九分像的肖像画，外加在擦笔上面涂以漂亮的淡彩：粉红色的肌肉，翠蓝色的上衣，花带镶边；耳朵上外加挂上一双金黄色的珠耳环。老妈子看见珠耳环，心花盛开，即使完全不像，也说"像"了。自此以后，亲戚家死了人我就有差使——画容像。活着的亲戚也拿一张小照来叫我放大，挂在厢房里；预备将来可现成地移挂在灵前。我十七岁出外求学，年假、暑假回家时还常常接受这种义务生意。直到我十九岁时，从先生学了木炭写生画，读了美术的论著，方才把此业抛弃。到现在，在故乡的几位老伯伯和老太太之间，我的"擦笔肖像画家"的名誉依旧健在；不过他们大都以为我近来"不肯"画了，不再来请教我。前年还有一位老太太把她的新死了的丈夫的四寸照片寄到我上海的寓所来，哀求地托我写照。此道我久已生疏，早已没有画具，况且又没有时间和兴味。但无法对她说明，就把照片送到霞飞路[1]的某照相馆里，托他们放大为廿四寸的，寄了去。后遂无问津者。

假如我早得学木炭写生画，早得受美术论著的指导，我的学画不会走这条崎岖的小径。唉，可笑的回忆，可耻的回忆，写在这里，给世间学画的人作借镜吧。

1934年2月

---

[1] 当时上海法租界的路名，即今天的淮海中路。

# 美术与人生

形状和色彩有一种奇妙的力,能在默默之中支配大众的心。例如春花的美能使人心兴奋,秋月的美能使人心沉静;人在晴天格外高兴,在阴天就大家懒洋洋地。山乡的居民大都忠厚,水乡的居民大都活泼,也是因为常见山或水,其心暗中受其力的支配,便养成了特殊的性情。

用人工巧妙地配合形状、色彩的,叫作美术。配合在平面上的是绘画,配合在立体上的是雕塑,配合在实用上的是建筑。因为是用人工巧妙地配合的,故其支配人心的力更大。这叫作美术的亲和力。

例如许多人共看画图,所看的倘是墨绘的山水图,诸人心中共起壮美之感;倘是金碧的花蝶图,诸人心中共起优美之感。故厅堂上挂山水图,满堂的人愈感庄敬;房室中挂花鸟图,一室的人倍觉和乐。优良的电影开映时,满院的客座阒然无声,但闻机器转动的微音。因为数千百观众的心,都被这些映画(电影)的亲和力所统御了。

雕塑是立体的,故其亲和力更大,伟人的铜像矗立在都市的广场中,其英姿每天印象于往来的万众的心头,默默中施行着普遍的教育。又如入大寺院，仰望金身的大佛像，其人虽非宗教信徒，一时也会肃然起敬，缓步低声。埃及的专制帝王建造七十层高的人面狮身大石雕，名之曰"斯芬克司"。埃及人民的绝对服从的精神，半是这大石雕的暗示力所养成的。

建筑在美术中形体最大，其亲和力也最大；又因我们的生活大部分在建筑物中度过，故建筑及于人心的影响也最深。例如端庄雅洁的校舍建筑，能使学生听讲时精神集中，研究时心情安定，暗中对于教育有不少的助力。古来帝王的宫殿，必极富丽堂皇，使臣民瞻望九重城阙，自然心生惶恐。宗教的寺院，必极高大雄壮，使僧众参诣大雄宝殿，自然稽首归心。这便是利用建筑的亲和力以镇服人心的。饮食店的座位与旅馆的房间，布置精美，可以推广营业。商人也会利用建筑的亲和力以支配顾客的心。

建筑与人生的关系最切，故凡建筑隆盛的时代，其国民文化必然繁荣。希腊黄金时代有极精美的神殿建筑，意大利文艺复兴时代有极伟大的寺院建筑，便是其例。现代欧美的热衷于都市建筑，也可说是现代人的文化的表象。

# 为什么学图画

不欢喜图画的人以为"我将来并不要靠画图吃饭,不会画图打什么紧?图画课不上也不妨"。

然而他们想错了。假如照他们所说,中学校里的图画课是为教学生做画家而设,将来他们长大起来,中国的四万万人全体是画家了!世间哪会有这样的事?故可知学图画绝不是想做画家。

其次,假如照他们所想,学校中的功课要直接有用处才应该学习,那么中学的课程表上的科目大半可以废止了。因为在一般人们的实际生活中,哪个每天在解方程式、烧试验管、探显微镜呢?故可知学图画不是要直接应用的。

学图画绝不是想做画家,也不是要在将来直接应用,那么为什么大家要学图画呢?诸生务须先把这个根本问题想一想清楚,然后跨进图画教室去。现在让我来代替怀这个疑问的人解说一番。

假如有两个母亲,都到衣料店去购买绸布,为小孩子做衣服。一个母亲很有钱,买了时髦的绫罗缎匹来,可是她不会裁缝,衣服的质料尽管贵重,而孩子们穿了,姿态十分难看。还有一个母亲虽然钱很少,只买了几尺粗布,但是她对于服装样式很知道美恶,又长于裁缝,故所做的衣服虽然只是一件布衫,而孩子们穿了怪有样子,令人觉得可爱。

又假如有两处饮食店,一处烧菜用的材料都是山珍海味,可是不会调味,油盐酱醋配得不宜,盛菜的器皿和座位也粗污而不讲形式。另一处材料虽然只有蔬菜之类,但滋味调得恰好,盛菜的器皿和座位也清洁而形式美观,令人入座就觉得快适。

假如你们遇见这两个母亲,和这两处饮食店,请问赞许哪一个和哪一处?我想一定赞许后者的吧。因为我知道人都欢喜美观与快适。

原来人们都是欢喜感觉的快美的。故对于物,实用之外又必要求形色的美观。试看看糖果店内的咖啡糖,用五色灿烂的锡纸包裹着,人们就欢喜购食,而且滋味似比不包裹的好得多。所以有人说:"人们吃东西不仅用口,又兼用眼。"同是一杯茶,盛的杯子的形式的美恶与茶的滋味的好坏大有关系。同是一盘菜,形色装得美观,滋味似乎也甘美。馈赠的饼饵,全靠有装潢,故能使人欢喜;送礼的两块钱,全靠有红封袋,故能表示敬意。商店的窗装饰华丽,可以引诱主顾;旅馆的房间布置精美,可以挽留旅客。我们的生活中,这样的例子不遑枚举。可见人们是天生爱好快美的。

照上述的实例想来,快美之感,在人类生活上是何等重大的必要条件!为了形式的缺乏而受损失的例子,事实上也很多。就如前述的例子:衣服形式不良,把贵重的绫罗糟蹋了。商店装饰不美,其商业必受很大的影响。在美的要求强盛的现代,商品几乎是全靠装潢而畅销的了。

使我们起快美之感的东西，必具有美好的形状与色彩。反之，使我们起不快之感的东西，必定是其形状与色彩不美的缘故。怎样的形色是美的？怎样的形色是不美的？怎样可使形色美观而催人快感？这练习便是图画的最重要的目的。

学图画并不是想做画家，也不是要把图画直接应用。我们大家所以要学图画者，因为大家是人，凡人的生活都要求快美之感，故大家要能辨别形色的恶美，即大家要学图画。

男学生们说："我并不是女子，将来并不要做母亲而缝衣服。"女学生们说："我将来并不要开旅馆而布置房间。"这话显然是错误的了。因为既然是人，没有一个人不要求快美之感，即没有一个人可以没有辨别形色美恶的能力，没有一个人可以不学图画。你们身上的服饰，桌上的文具，起卧的寝室，用功的教室，散步的庭园，哪一种可以秽恶而不求美观？猪棚一般的屋子和整洁的屋子，你们当然欢喜后者。假如你们的社会中有美丽的公园，有清洁的道路，有壮丽的公共建筑；你们的学校里有可爱的校园，畅快的运动场，整洁的自修室，庄严的会场，雅致的画室；你们的家庭中有清静的院子，温暖的房屋，悦目的书画、盆栽和陈设。这等便是地方的当局、你们的校长、父母等为你们设备着的。可知做官吏，做校长，做父母，都应该学过图画。他们没有一人不常在画图画，不过他们的图画不画在纸上，而画在地方上、学校里、家庭中罢了。他们是在地方上、学校里、家庭中，应用着他们的图画的修养。假如他们没有图画的修养，没有对于形色美恶的鉴赏力，没有美术的眼识，人民一定不得享受这般美丽的社会、学校和家庭的幸福，而在秽恶不堪的社会、牢狱式的学校、猪棚一般的家庭中受苦了。

且不说什么人生的幸福。至少，可以免除一种可笑的愚举。世间往往有出了许多力，费了许多金钱，而反受识者的讥笑的愚举。富商的家里购备着红木的家具。然不解趣味，其陈设往往恶俗不堪。好时髦的女郎盲从流行而竞尚新装，然不辨美恶，有时反而难看，其徒劳着实可怜！就如前述的母亲，出重价为孩子制了衣服，反而在这里受我们的批评，岂不冤枉！

你们将来毕业之后，无论研究何种专门学问，从事何种社会事业，无论做官，做商，做工，做先生，做兵士，切勿忘却中学时代所修得的图画的趣味。这能增加人生的幸福，故图画可说是人生永远必修的课业。

1929年11月为松江女中初中一年级讲述

# 音乐之用

学校的一切课业中,音乐似乎最没有用。即使说得它有用,例如安慰感情、陶冶精神、修养人格等,其用也似乎最空洞。所以有许多学校中,除音乐教师而外,大都看轻音乐,比图画尤其看轻。甚至连音乐教师也看轻音乐,敷衍塞责地教他的功课。

这是因为向来讲音乐的效果,总是讲它的空洞的方面,而不讲实用的方面。所以大家不肯起劲。这好比劝人念南无阿弥陀佛十遍百遍或千遍可获现世十种功德,人皆不相信。又好比只开支票,不给现洋,人皆不欢迎。

《中学生》杂志创刊以来,好像没有谈过音乐(我没有查旧账,只凭记忆,也许记错了。但即使有,一定甚少)?现在我来谈谈。一切空洞的话都不讲,从音乐的实用谈起。

听说,日本九州有一个大机械工厂,厂里雇用着大群的女工。每天夜班做工的时候,女工们必齐声唱歌。一面唱歌,一面工作,效率会增高,出产额比别厂大得多。但夜工的时间很长,齐唱的声音又大,妨碍了工厂邻近的人们的安睡,邻人们抗议无效,便提出公诉。诉讼的结果,工厂方面负了,只得取消唱歌。取消之后，女工们的效率大为减低，工厂的生产大受影响，云云。

听说，美国有一种习字用的蓄音机唱片，其音乐的旋律与节奏，恰符合着写英语时的手的运动。小学生练习书法时，一面听蓄音机，一面写字，其工作又省力，又迅速，又成绩良好。这等方法是由种田歌、采茶歌、摇船歌、纺纱歌等加以科学的改进而来的。又可说是扛抬重物的劳动者所叫的"杭育杭育"，或建筑工人打桩时的歌声的展进。我乡有一种人（恐怕我国到处皆然），认为打桩的歌声中有鬼神。打桩的地方，经过的人必趋避，小孩尤不宜看。据说工人们打桩时，若把路过的人的名字或形容唱入歌中，桩便容易打进，同时被唱入歌中的人必然倒霉，要生大病，变成残废，甚或死去。因为那人的灵魂随了这桩木而被千钧之力的打击，必然重伤或致命。而且，归咎于看打桩的瞎子、跛子、驼子或歪嘴，亦常有所见闻。但是，我每次经过打桩的地方，定要立定了脚倾听。他们不知在唱些什么歌曲？一人提头唱出，众人齐声附和。其旋律有时像咏叹调，有时像宣叙调；其节奏有时从容浩大，有时急速短促；其歌词则除"杭育"以外都听不清楚，不知道在念些什么。据邻家的三娘娘说，是在念过路人的姓名、服装或状貌，所以这种声音很可怕。但我并不觉得可怕，只觉得很自然，很伟大，很严肃。因为我看他们的样子，不是用气力来唱歌，而是用唱歌唤出气力来做工。所以其唱歌毫不勉强，非常自然。又看他们的工作，用人力把数丈长的大木头打进地壳里去，何等伟大而严肃！所以他们的歌声，有时像哀诉、呐喊，有时像救火、救命，有时像冲锋杀敌，阴风惨惨，杀气腾腾的。这种唱歌在工作上万不能缺少。你们几曾见过默默地打桩的工人？假如有之，其桩一定打不进，或者其人都要吐血。音乐之用，没有比这更切实的了。那机械工厂的利用唱歌和习字蓄音片的制造，显然是从这里学得的。

听说，音乐又可以作治病的良药。大哲学家尼采曾经服这药而得灵验，有他自己的信为证。1881年11月，尼采旅居意大利，偶在一处小剧场中听到法国音乐家比才的杰作歌剧《卡尔门》(《卡门》，这歌现在已非常普遍流行于世间，电影中已制片，各乐器都有这剧的音乐，开明书店的《口琴吹奏法》里也有《卡尔门》的口琴曲)，被它的音乐所感动，热烈地爱好它。第二次开演时，尼采正在生病，扶病往听，听了之后病便霍然若失。次日写信给他的友人说："我近来患病，昨夜听了比才的杰作，病竟痊愈了，我感谢这音乐！"倘有人开一所卖"音乐"药的药房，这封大哲学家的信大可以拿去登在报章杂志上，做个广告。又据日本音乐论者田边尚雄的报告，用音乐治病的例子很多：十九世纪初，法国有一位名医名叫裘伯尔的，常用音乐治病。这医生会唱种种的歌，好像备有种种的药一般。病人求治，不给药，但唱歌给他听，或用Clarinet（单簧管，喇叭类乐器）吹奏极锐音的乐曲给他听。每日数回，饭前饭后，或睡前，其病数日便愈。又听说，怀娥铃（小提琴）治病是最好的良药。二百年前，法国每年盛行的Carnaval（谢肉祭，狂欢节）中，有人以狂热舞蹈而罹病者，用怀娥铃演奏乐曲给他听，催他入睡，醒来病便没有了。野蛮人中用音乐治病的实例更多：美洲哥伦比亚河岸的野蛮人，凡遇生病，不服药，但请一老巫女来旁大声唱歌，又令十五六位青年手持木板打拍子舞蹈而和唱。病轻的唱一回已够，病重的唱数回便愈。又据非洲漫游者的报告，奴皮亚地方的人把病者施以美丽的服饰，拥置高台上，台下许多青年唱歌舞蹈，其病就会痊愈。又美洲印第安人的医生，都装扮得很美丽，且解歌舞，好像我们这里的优伶一般。这种话好像荒诞而属于迷信；但我看到我家的李家大妈医治孩子，确信它们并不荒诞，并非迷信。这种音乐治病法，是由李家大妈的唱歌展进而来。我家有一个小孩子，不时要吵，要哭，要跌跤，要肚痛。她娘也管她不了，只有李家大妈能克制她。其克制之法，就是唱歌。逢到她吵了，哭了，她抱着用手拍几下，唱歌给她听，她便不吵，不哭了。逢到她跌跤了，或肚痛了，蒙了不白之冤似的大声号哭，也只要李家大妈一到，抱着按摩一下，唱几支歌，孩子便会入睡，醒来时病苦霍然若失了。这并非偶然，唱歌的确可以催眠，音乐中不是有"眠儿歌"这一种乐曲的吗？由此展进，也许可以有"醒睡歌""消食歌"，以至"镇痛歌""解毒歌""消痰止渴歌""养血愈风歌"等。也许那位法国的名医会唱这种歌，秘方不传，所以世间没有人知道。

听说，音乐又可以使人延年益寿。有许多长寿的音乐大家为证：法国名歌剧家奥裴尔享年八十九岁。意大利的名歌剧家倪尔皮尼享年八十二岁。同国还有一位歌剧家洛西尼享年七十六岁。大名鼎鼎的乐圣法国人罕顿享年七十七岁。德国怀娥铃作曲家史布尔享年七十五岁。又一位大乐圣德国人亨代尔享年七十四岁。有名的歌剧改革者格罗克享年七十三岁。法国浪漫派歌剧家马伊亚裴亚也享年七十三岁。意大利作曲家比起尼享年七十二岁。意大利宗教音乐改革者巴雷史德利拿享年七十岁。日本平安朝的乐人尾张滨主年一百十余岁尚能在皇帝御前作"长寿舞"。我国汉文帝时盲乐人窦公，一百八十岁时元气犹壮。文帝问他长生之术，他说十三岁两目全盲，一心学琴至今，故得长生。

这样看来，音乐的效果不是空洞的，着实有实用之处。那么所谓"安慰感情，陶冶精神，修养人格"等等，不是一张空头支票，保存得好，将来可以兑现。

1934 年 3 月 26 日为《中学生》作

# 儿童与音乐

儿童时代所唱的歌,最不容易忘记。而且长大后重理旧曲,最容易收复儿时的心。

我总算是健忘的人,但儿时所唱的歌一曲也没有忘记。我儿时所唱的歌,大部分是光绪末年商务出版的沈心工编的小学唱歌。这种书现在早已绝版,流传于世的也大不容易找求。但有不少页清楚地印刷在我的脑中,不能磨灭。我每逢听到一个主三和弦响出,心中便会想起儿时所唱的《春游》歌来。

云淡风轻,微雨初晴,假期恰遇良辰。
既栉我发,既整我襟,出游以写幽情。
绿阴为盖,芳草为茵,此间空气清新。

现在我重唱这旧曲时只要把眼睛一闭,当时和我一同唱歌的许多小伴侣的姿态便会一齐显现出来:在阡陌之间,携着手,踏着脚,大家挺直嗓子,仰天高歌。有时我唱到某一句,鼻子里竟会闻到一阵油菜花的香气,无论是在秋天、冬天,或是在都会中的房间里。所以我无论何等寂寞、何等烦恼、何等忧惧、何等消沉的时候,只要一唱儿时的歌,便有儿时的心出来抚慰我、鼓励我,解除我的寂寞、烦恼、忧惧和消沉,使我恢复儿时的健全。

又如这三个音的节奏形式一变,便会在我心中唤起另一曲《励学》歌来。[1]

> 黑奴红种相继尽,唯我黄人酣未醒。
> 亚东大陆将沉没,一曲歌成君且听。
> 人生为学须及时,艳李秾桃百日姿。

我们学唱歌,正在清朝末年,四方多难,人心乱动的时候。先生费了半个小时来和我们解说歌词的意义。慷慨激昂地说,中国政治何等腐败,人民何等愚弱,你们倘不再努力用功,不久一定要同黑奴红种一样。先生讲时声色俱厉,眼睛里几乎掉下泪来。我听了十分感动,方知道自己何等不幸,生在这样危殆的祖国里。我唱到"亚东大陆将沉没"一句,惊心胆跳,觉得脚底下这块土地真个要沉下去似的。

所以我现在每逢唱到这歌,无论在何等逸乐、何等放荡、何等昏迷、何等冥顽的时候,也会警惕起来,振作起来,体验到儿时的纯正热烈的爱国的心情。

每一曲歌,都能唤起我儿时的某一种心情。记述起来,不胜其烦。诗人云:"瓶花妥帖炉烟定,觅我童心廿六年。"我不

---

[1] 因为这曲的旋律也是以主三和弦的三个音开始的。

须瓶花炉烟,只消把儿时所唱的许多歌温习一遍,二十五年前的童心可以全部觅得回来了。

这恐怕不是我一人的特殊情形。因为讲起此事,每每有人真心地表示同感。儿时的同学们同感尤深,有的听我唱了某曲歌,能历历地说出当时唱歌教室里的情况来,使满座的人神往于美丽的憧憬中。这原是音乐感人的力量至深至大的缘故。回想起来,用音乐感动人心的故事,古今东西的童话传说中所见不可胜计,爱看童话的小朋友们,大概都会讲出一两个来的吧。

因此我惊叹音乐与儿童关系之大。大人们弄音乐,不过一时鉴赏音乐的美,好像喝一杯美酒,以求一时的陶醉。儿童唱歌,则全心投入于其中,而终身服膺勿失。我想,安得无数优美健全的歌曲,交付与无数素养丰足的音乐教师,使他传授给普天下无数天真烂漫的童男童女?假如能够这样,后代的世间一定比现在和平幸福得多。因为音乐能永远保住人的童心。而和平之神与幸福之神,只降临于天真烂漫的童心所存在的世间。失了童心的世间,诈伪险恶的社会里,和平之神与幸福之神连影踪也不会留存的。

1932年9月13日为《晨报》作<br>病中口述,陈宝笔录

# 标题音乐

"雨是哪里落下来的?"

窗外一个孩子的话声牵惹了我的注意。我放下手中的书,侧着耳朵,静听下文。

"雨?雨是天上菩萨[1]落下来的呀!"

李家大妈用竹丝扫帚"沙沙"地扫着天井里的梅雨的积水,有口无心地回答四岁的一宁[2]的质问。一宁把"天上菩萨"这个名词反复说了三遍,似乎对它颇感兴味的。但继续又是疑问:

"天上菩萨面盆里倒出来的吗,天上菩萨?"

她大约是要练习这刚才学来的新名词"天上菩萨",所以尽量地应用,开头用一个,末脚再用一个。

"嗳!勿错!天上菩萨!乖官官[3],真聪明!"

李家大妈把说话合上了"沙沙"的拍子,有口无心地,断断续续地回答。

我听了发生兴味,抛弃手中的书,立起身来,准备开门去

---

[1] 在作者家乡一带,称老天爷为"天上菩萨"。
[2] 一宁,作者之幼女,后改名一吟。
[3] 官官,作者家乡一代对小主人的称呼。

参加他们的说话。但又立刻缩回开门的手，仍旧坐下来，侧着耳朵静听。因为我忽然悟到，我似乎没有参与她们那种说话的资格。

"面盆呢？面盆在哪里？"

这回一宁的话声比前响亮得多。我想见她正在仰起头向空中找寻面盆，朝天喊着。但李家大妈只管拼命地"沙沙"，置之不答，恐怕是没有听见她的话的。她接连问了几遍，带着哭声了。李家大妈这才停止了"沙沙"，而专任对付她：

"什么了，什么了？"

"面盆呢！你为啥勿响？"

"面盆？"李家大妈惊奇地反问，"要面盆做什么？面盆水弄勿得，弄湿了衣裳姆妈要骂。"

"勿是！"一宁顿着脚，恨恨地喊，"喏：落雨呀，面盆呢？面盆在哪里？"

"落雨世界[1]，面盆水弄勿得，弄湿了衣裳姆妈要骂。"李家大妈说过，便开始"沙沙"地扫到大门口去了。

一宁在阶沿上顿着足，连叫"勿是！勿是！勿是！"但李家大妈愈扫愈远，渐渐扫到门外去了。一宁便开始盛气地号哭。

我隔着窗子静听，明知道她是被误解而受冤屈了。那老太婆真是糊涂透顶！我恨不得把自己的灵魂钻进一宁的身体中，帮她表白，但立刻知道无须。因为我静听她的哭声，觉得其抑扬顿挫的音节中已雄辩地详尽地发泄着她心中的愤懑了。现在

---

[1] 作者家乡方言，称天气为世界。

我试把这片洋洋的哭声翻译为言语：

"你这老太婆该死！我刚才问你'雨是否天上菩萨从面盆里倒出来的'，你不是说过'勿错'，又赞我'聪明'吗？既然我的话是'勿错'的，现在我就请你把天上菩萨的面盆指出来给我看！怎么你又诬我想弄面盆水呢？既然你称赞我'聪明'，我这质问正是'聪明'的进步，怎么你反拿'姆妈要骂'这等话来坍我的台呢？你所答非所问，你无端污人清白！你这老太婆该死！"

我因此联想到近代的"标题音乐"（program music）——用音描写事象或心情的音乐，换言之，含有文学的内容的音乐。裴德芬〔贝多芬〕（Beethoven）以来世间所盛行的标题音乐，就是从我家的一宁的哭声进步而成的。

1933 年 6 月 20 日

# 天的文学

晚上九点半钟以后，孩子们都已熟睡，别人不会再来找我，便是我自己的时间了。

照例喝过一杯茶，用大学[1]眼药擦过眼睛，点起一支香烟，从书架上抽了一张星座图，悄悄地到门前的广场上去看星。

一支香烟是必要的。星座位置认不清楚的时候，可以把它当作灯，向图中探索一下。

看到北斗沉下去，只见斗柄的时候，我回到房间里，拿一册《天文学》来一翻。用铅笔在纸上试算：地球一匝为七万二千里，光每秒钟绕地球七匝，即每秒钟行五十万四千里；一小时有三千六百秒，一天有八万六千四百秒，一年有三万一千一百零四万[2]秒；光走一年的路长，为五十万四千乘三万一千一百零四万里，即一"光年"之长。自地球到织女星的距离为十光年，到牵牛星的距离为十四光年，到大熊星的星云要一千万光年！……我算到这里，忽然头痛起来，手里的铅

---

1　日本的一种眼药牌子。
2　应为三千一百五十三万六千秒。

笔沉重得不能移动,没有再算下去的精神了。于是放下铅笔,抛弃纸头,倒在床里了。

我躺在床上,从枕上窥见窗外的星,如练的银河,"秋宵的女王"的织女,南王的热闹。啊,秋夜的盛妆!我忘记了我的头痛了。我脑中浮出朝华的诗句来:"织女明星来枕上,了知身不在人间。"立刻似乎身轻如羽,翱翔于星座之间了。

我俯视银河之波澜,访问织女的孤居,抚慰卡丽斯德神女的化身的大熊……"地球,再会!"我今晚要徜徉于银河之滨,牛女北斗之间了。

第二天早晨起来,我脑中历历地残留着昨夜的星界漫游的记忆;可是昨夜的头痛,也还保留着一些余味。

我想:几万万里,几千万年,算它做什么?天文本来是"天的文学",谁教你们算的?

*1927 年*

# 自 然

"美"都是"神"的手所造的。假手于"神"而造美的,是艺术家。

路上的褴褛的乞丐,身上全无一点人造的装饰,然而比时装美女美得多。这里的火车站旁边有一个伛偻的老丐,天天在那里向行人求乞。我每次下了火车之后,迎面就看见一幅米叶[米勒](Millet)的木炭画,充满着哀怨之情。我每次给他几个铜板——又买得一幅充满着感谢之情的画。

女性的煞费苦心于自己的身体的装饰。头发烫也不错,胸臂冻也不妨,脚尖痛也不怕。然而真的女性的美,全不在乎她们所苦心经营的装饰上。我们反在她们所不注意的地方发见她们的美。不但如此,她们所苦心经营的装饰,反而妨碍了她们的真的女性的美。所以画家不许她们加上这种人造的装饰,要剥光她们的衣服,而赤裸裸地描写"神"的作品。

画室里的模特儿虽然已经除去一切人造的装饰,剥光了衣服;然而她们倘然受了画学生的指使,或出于自心的用意,而装腔作势,想用人力硬装出好看的姿态来,往往越装越不自然,而所描的绘画越无生趣。印象派以来,裸体写生的画风盛于欧洲，普及于世界。使人走进绘画展览中，如入浴堂或屠场，满目是肉。然而用印象派的写生的方法来描出的裸体，极少有自然的、美的姿态。自然的美的姿态，在模特儿上台的时候是不会有的。只有在其休息的时候，那女子在台旁的绒毡上任意卧坐，自由活动的时候，方才可以见到美妙的姿态，这大概是世间一切美术学生所同感的情形吧。因为在休息的时候，不复受人为的拘束，可以任其自然的要求而活动。"任天而动"，就有"神"所造的美妙的姿态出现了。

　　人在照相中的姿态都不自然，也就是为此。普通照相中的人物，都装着在舞台上演剧的优伶的神气，或南面而朝的王者的神气，或庙里的菩萨像的神气，又好像正在摆步位的拳教师的神气。因为普通人坐在照相镜头前面被照的时间，往往起一种复杂的心理，以致手足无措，坐立不安，全身紧张得很，故其姿态极不自然。加之照相者又要命令他"头抬高点！""眼睛看着！""带点笑容！"内面已在紧张，外面又要听照相者的忠告，而把头抬高，把眼钉住，把嘴勉强笑出，这是何等困难而又滑稽的办法！怎样教底片上显得出美好的姿态呢？我近来正在学习照相，因为嫌恶这一点，想规定不照人物的肖像，而专照风景与静物，即神的手所造的自然，及人借了神的手而布置的静物。

　　人体的美的姿态，必是出于自然的。换言之，凡美的姿态，都是从物理的自然的要求而出的姿态，即舒服的时候的姿态。这一点屡次引起我非常的铭感。无论贫贱之人、丑陋之人、劳动者、黄包车夫，只要是顺其自然的天性而动，都是美的姿态的所有者，都可以礼赞。甚至对于生活的幸福全然无分的，第四阶级以下的乞丐，这一点也决不被剥夺，与富贵之人平等。不，乞丐所有的姿态的美，屡比富贵之人丰富得多。试入所谓上流的交际社会中，看那班所谓"绅士"，所谓"人物"的样子，点头、拱手、揖让、进退等种种不自然的举动，以及脸的外皮上硬装出来的笑容，敷衍应酬的不由衷的言语，实在滑稽得可笑，我每觉得这种是演剧，不是人的生活。作这样的生活，宁愿作乞丐。

被造物只要顺天而动，即见其真相，亦即见其固有的美。我往往在人的不注意、不戒备的时候，瞥见其人的真而美的姿态。但倘对他熟视或声明了，这人就注意、戒备起来，美的姿态也就杳然了。从前我习画的时候，有一天发现一个朋友的 pose（姿态）很好，要求他让我画一张 sketch（速写），他限我明天。到了明天，他剃了头，换了一套新衣，挺直了项颈危坐在椅子里，教我来画……这等人都不足与言美。我只有和我的朋友老黄[1]，能互相赏识其姿态，我们常常相对坐谈到半夜。老黄是画画的人，他常常嫌模特儿的姿态不自然，与我所见相同。他走进我的室内的时候，我倘觉得自己的姿势可观，就不起来应酬，依旧保住我的原状，让他先鉴赏一下。他一相之后，就会批评我的手如何，脚如何，全体如何。然后我们吸烟煮茶，晤谈别的事体。晤谈之中，我忽然在他的动作中发现了一个好的 pose，"不动！"他立刻石化，同画室里的石膏模型一样。我就欣赏或描写他的姿态。

不但人体的姿态如此，物的布置也逃不出这自然之律。凡

---

1 即作者的好友，口琴家黄涵秋。

静物的美的布置，必是出于自然的。换言之，即顺当的、妥帖的、安定的。取最卑近的例来说：假如桌上有一把茶壶与一只茶杯。倘这茶壶的嘴不向着茶杯而反向他侧，即茶杯放在茶壶的后面，犹之孩子躲在母亲的背后，谁也觉得这是不顺当的、不妥帖的、不安定的。同时把这画成一幅静物画，其章法（即构图）一定也不好。美学上所谓"多样的统一"，就是说多样的事物，合于自然之律而作成统一，是美的状态。譬如讲坛的桌子上要放一个花瓶。花瓶放在桌子的正中，太缺乏变化，即统一而不多样。欲其多样，宜稍偏于桌子的一端。但倘过偏而接近于桌子的边上，看去也不顺当，不妥帖，不安定。同时在美学上也就是多样而不统一。大约放在桌子的三等分的界线左右，恰到好处，即得多样而又统一的状态。同时在实际也是最自然而稳妥的位置。这时候花瓶左右所余的桌子的长短，大约是三与五，至四与六的比例。这就是美学上所谓"黄金比例"。黄金比例在美学上是可贵的，同时在实际上也是得用的。所以物理学的"均衡"与美学的"均衡"颇有相一致的地方。右手携重物时左手必须扬起，以保住身体的物理的均衡。这姿势在绘画上也是均衡的。兵队中"稍息"的时候，身体的重量全部搁在左腿上，右腿不得不斜出一步，以保住物理的均衡。这姿势在雕刻上也是均衡的。

故所谓"多样的统一""黄金律""均衡"等美的法则，都不外乎"自然"之理，都不过是人们窥察神的意旨而得的定律。所以论文学的人说，"文章本天成，妙手偶得之"，论绘画的人说，"天机勃露，独得于笔情墨趣之外"。"美"都是"神"的手所造的，假手于"神"而造美的，是艺术家。

# 艺术鉴赏的态度

要讲艺术鉴赏,先须明白艺术的性状。人人都知道"艺术"这个名词,他们看见了关于画一类的事,就信口称赞为"艺术的"。可是所谓"艺术"的真意义,了解的人很少。我们的眼,平时容易沉淀于尘世的下层,固着在物质的细部,不能望见高超于尘俗物质之表的艺术。必须提神于太虚而俯瞰万物,方能看见"艺术"的真面目。何谓高超于尘俗物质之表?就绘画而说,画家作画的时候,把眼前的森罗万象当作大自然的一 page(页),而决不想起其各事物的对于世人的效用与关系。画家的头脑,是"全新"的头脑,毫不沾染一点世俗的陈见。画家的眼,是"纯洁"的眼,毫不蒙受一点世智的翳障。故画家作画的时候,眼前所见的是一片全不知名、全无实用,而庄严灿烂的全新的世界。这就是美的世界。山是屏,川是带,不是地理上交通上的部分;树是装饰,不是果实或木材的来源;房屋是玩具,不是人类的居处;田野是大地的衣襟,不是五谷的产地;路是地的静脉管,不是供人来往的道;其间的人们的往来种作,都是演剧或游戏,全然没有目的;牛、羊、鸡、犬、鱼、鸟都是这大自然的点缀,不是生产的畜牧——有了这样的眼光与心境,方能面见"造型美"的姿态。欢喜感激地把这"美"的姿态描写在画布上,就成为叫作"绘画"的一种艺术。所以艺术的绘画中的两只苹果,不是我们这世间的苹果,不是甜的苹果,不是几个铜板一只的苹果,而是苹果自己的苹果。绘画中的裸体模特儿,不是这世间的风俗、习惯、道德的羁绊之下的一个女人,而是一种造型的现象。

原来宇宙万物,各有其自己独立的意义,当初并不是为吾人而生的。世间一切规则、习惯,都是人为了生活的方便而造出来的。美秀的稻麦招展在阳光之下,分明自有其生的使命,何尝是供人充饥的?玲珑而洁白的山羊、白兔点缀在青草地上,分明是好生好美的神的手迹,何尝是供人杀食的?草屋的烟囱里的青烟,自己在表现它自己的轻妙的姿态,何尝是烧饭的偶然的结果?池塘里的楼台的倒影自成一种美丽的现象,何尝是反映的物理作用而已?聪明的听者悟到了这一点,即可窥见艺术的美的世界的门户了。

要之,艺术不是技巧的事业,而是心灵的事业,不是世间的事业的一部分,而是超然于世界之表的一种最高等的人类活动。故艺术不是职业,画家不是职业,画不是商品。故练习绘画不是练习手腕,而是练习眼光与心灵。故看画不仅用肉眼,又须用心眼。

用艺术鉴赏的态度来看画,先要解除画中事物对于世间的一切关系,而认识其物的本身的姿态。换言之,即暂勿想起画中事物在世间的效用、价值等关系,而仅赏其瞬间的形状色彩。我们必须首先体验造型美的滋味,然后进于情感美、意义美的鉴赏。这样才是对于绘画艺术的真的理解。见了关于画一类的事就信口称赞为"艺术"的人，分明是误解艺术、侮辱艺术，是我们所要切戒的。

1929年9月10日为松江女子中学高一讲述

# "艺术的逃难"

那年日本军在广西南宁登陆，向北攻陷宾阳。浙江大学正在宾阳附近的宜山，学生、教师扶老携幼，仓皇向贵州逃命。道路崎岖，交通阻塞，大家吃尽千辛万苦，才到得安全地带。我正是其中之一人，带了从一岁到七十二岁的眷属十人，和行李十余件，好容易来到遵义。看见比我早到的张其昀先生，他幽默地说："听说你这次逃难很是'艺术的'？"我不禁失笑，因为我这次逃难，的确是受艺术的帮忙。

其实与其称为"艺术的逃难"，不如称为"宗教的逃难"。因为如果没有"缘"，艺术是根本无用的。且让我告诉你这逃难的经过：那时我还在浙江大学任教。因为宜山每天两次警报，不胜奔命之苦，我把老弱者六人送到百余里外的思恩县的学生家里。自己和十六岁以上的儿女四人（三女一男）住在宜山；我是为了教课，儿女是为了读书。敌兵在南宁登陆之后，宜山的人，大家忧心悄悄，计划逃难。然因学校当局未有决议，大家无所适从。我每天逃两个警报，吃一顿酒，迁延度日。现在回想，真是糊里糊涂！

不久宾阳沦陷了！宜山空气极度紧张。汽车大敲竹杠。"大难临头各自飞"，不管学校如何，大家各自设法向贵州逃。我家分两处，呼应不灵，如之奈何！幸有一位朋友[1]，代我及其他两家合雇一辆汽车，竹杠敲得不重，一千二百元送到都匀。言定经过离此九十里的德胜站时，添载我在思恩的老弱六人。同时打长途电话到思恩，叫他们连夜收拾，明晨一早雇滑竿到四十里外的德胜站，等候我们的汽车来载。岂知到了开车的那一天，大家一早来到约定地点，而汽车杳无影踪。等到上午，车还是不来，却挂了一个预报球！行李尽在路旁，逃也不好，不逃也不好，大家捏两把汗。幸而警报不来；但汽车也不来！直到下午，始知被骗。丢了定洋一百块钱。站了一天公路。这一天真是狼狈之极！

找旅馆住了一夜。第二日我决定办法：叫儿女四人分别携带轻便行李，各自去找车子，以都匀为目的地。谁先到目的地，就在车站及邮局门口贴个字条，说明住处，以便相会。这样，化整为零，较为轻便了。我惦记着在德胜站路旁候我汽车的老弱六人，想找短路汽车先到德胜。找了一个朝晨，找不到。却来了一个警报，我便向德胜的公路上走。息下脚来，已经走了数里。我向来车招手，他们都不睬，管自开过。一看表还只八点钟，我想，求人不如求己，我决定徒步四十五里到怀远站，然后再找车子到德胜。拔脚迈进，果然走到了怀远。

怀远我曾到过，是很热闹的一个镇。但这一天很奇怪：我走上长街，店门都关，不见人影。正在纳罕，猛忆"岂非在警报中？"连忙逃出长街，一口气走了三四里路，看见公路旁村下有

---

[1] 即浙江大学教育系心理学教授黄翼（黄羽仪）。

人卖团子，方才息足。一问，才知道是紧急警报！看表，是下午一点钟。问问吃团子的两个兵，知道此去德胜，还有四十里，他们是要步行赴德胜的。我打听得汽车滑竿都无希望，便再下一个决心，继续步行。我吃了一碗团子，用毛巾填在一只鞋子底里，又脱下头上的毛线帽子来，填在另一只鞋子底里。一个兵送我一根绳，我用绳将鞋和脚扎住，使不脱落。然后跟了这两个兵，再上长途。我准拟在这一天走九十里路，打破我平生走路的纪录。

路上和两个兵闲谈，知道前面某处常有盗匪路劫。我身上有钞票八百余元，担起心来。我把八百元整数票子从袋里摸出，用破纸裹好，握在手里。倘遇盗匪，可把钞票抛在草里，过后再回来找。幸而不曾遇见盗匪，天黑，居然走到了德胜。到区公所一问，知道我家老弱六人昨天一早就到，住在某伙铺里。我找到伙铺，相见互相惊讶，谈话不尽。此时我两足酸痛，动弹不得。伙铺老板原是熟识的，为我沽酒煮菜。我坐在被窝里，一边饮酒，一边谈话，感到特殊的愉快。颠沛流离的生活，也有其温暖的一面。

次日得宜山友人电话，知道我的儿女四人中，三人已于当日找到车子出发。啊！原来在我步行九十里的途中，他们三人就在我身旁驶过的车子里，早已疾行先长者而去了！我这里有七十二岁的老岳母、我的老姐、老妻、十一岁的男孩、十岁的女孩，以及一岁多的婴孩，外加十余件行李。这些人物，如何运往贵州呢？到车站问问，失望而回。又次日，又到车站，见一车中有浙大学生。蒙他们帮忙，将我老姐及一男孩带走，但不能带行李。于是留在德胜的，还有老小五人，和行李十余件，这五人不能再行分班,找车愈加困难。而战事日益逼近,警报每天两次。我的头发便是在这种时光不知不觉地变白的!

在德胜空住了数天,决定坐滑竿,雇挑夫,到河池,再觅汽车。这早上来了十二名广西苦力,四乘滑竿,四个脚夫,把人连物,一齐扛走。迤逦而西,晓行夜宿,三天才到河池。这三天的生活竟是古风。旧小说中所写的关山行旅之状,如今更能理解了。

河池地方很繁盛,旅馆也很漂亮。我赁居某旅馆,楼上一室,镜台、痰盂、茶具、蚊帐,一切俱全,竟像杭州的二三等旅馆。老板是读书人,知道我的"大名",招待得很客气;但问起向贵州的汽车,他只有摇头。我起个大早,破晓就到车站去找车子,但见仓皇、拥挤、混乱之状,不可向迩,废然而返。第二天又破晓到车站,我手里拿了一大束钞票而找司机。有的看看我手中的钞票,抱歉地说,人满了,搭不上了!有的问我有几个人,我说人三个,行李八件(其实是五个,十二件),他好像吓了一跳,掉头就走。如是者凡数次。我颓唐地回旅馆。站在窗前怅望,南国的冬日,骄阳艳艳,青天漫漫;而予怀渺渺,后事茫茫,这一群老幼,流落道旁,如何是好呢?传闻敌将先攻河池,包围宜山、柳州。又传闻河池日内将有大空袭。这晴明的日子,正是标准的空袭天气。一有警报,我们这位七十二岁的老太太怎样逃呢?万一突然打到河池来,那更不堪设想了!

这样提心吊胆地过了好几天,前途似乎已经绝望。旅馆老板安慰我说:"先生还是暂时不走,在这里休息一下,等时局稍定再说。"我说:"你真是一片好心!但是,万一打到这里来,我人地生疏，如之奈何？"他说："我有家在山中，可请先生同去避乱。"我说："你真是义士！我多蒙照拂了。但流亡之人，何以为报呢？"他说："若得先生到乡，趁避乱之暇，写些书画，给我子孙世代宝藏，我便受赐不浅了！"在这样交谈之下，我们便成了朋友。我心中已有七八分跟老板入山；二三分还想觅车向都匀走。

次日，老板拿出一副大红闪金纸对联来，要我写字，说："老父今年七十，蛰居山中。做儿子的糊口四方，不能奉觞上寿，欲乞名家写联一副，托人带去，聊表寸草之心，可使蓬荜生辉！"我满口答允。就到楼下客厅中写对。墨早磨好，浓淡恰到好处，我提笔就写。普通庆寿的八言联，文句也不值得记述了。那闪金纸是不吸水的，墨渖堆积，历久不干。门外马路边太阳光作金黄色。他的管账提议：抬出门外去晒，老板反对，说怕被人踏损了。管账说："我坐着看管！"就由茶房帮同，把墨迹淋漓的一副大红对联抬了出去。我写字时，暂时忘怀了逃难。这时候又带了一颗沉重的心，上楼去休息，岂知一线生机，就在这里发现。

老板亲自上楼来，说有一位赵先生要见我。我想下楼，一位穿皮上衣的壮年男子已经走上楼来了。他握住我的手，连称"久仰""难得"。我听他的口音，是无锡、常州之类，乡音入耳，分外可亲。就请他在楼上客间里坐谈。他是此地汽车加油站的站长，来得不久。适才路过旅馆，看见门口晒着红对子，是我写的，而墨迹未干，料想我一定在旅馆内，便来访问。我向他诉说了来由和苦衷，他慷慨地说："我有办法。也是先生运道太好：明天正有一辆运汽油的车子开都匀。所有空位，原是运送我的家眷,如今我让先生先走。途中只说我的眷属是了。"我说:"那么你自己呢?"他说:"我另有办法。况且战事尚未十分逼近,我是要到最后才好走的。"讲定了,他起身就走,说晚上再同司机来看我。

我好比暗中忽见灯光,惊喜之下,几乎雀跃起来。但一刹那间,我又消沉、颓唐,以至于绝望。因为过去种种忧患伤害了我的神经,使它由过敏而变成衰弱。我对人事都怀疑。这江苏人与我萍水相逢,他的话岂可尽信?况在找车难于上青天的今日,我岂敢盼望这种侥幸!他的话多分是不负责的。我没有把这话告诉我的家人,免得她们空欢喜。

岂知这天晚上,赵君果然带了司机来了。问明人数,点明行李,叮嘱司机。之后,他拿出一卷纸来,要我作画。我就在灯光之下,替他画了一幅墨画。这件事我很乐愿,同时又很苦痛。赵君慷慨乐助,救我一家出险,我写一幅画送他留个永念,是很乐愿的。但在作画这件事说,我一向欢喜自动,兴到落笔,毫无外力强迫,为作画而作画,这才是艺术品,如果为了敷衍应酬,为了交换条件,为了某种目的或作用而作画,我的手就不自然,觉得画出来的笔笔没有意味,我这个人也毫无意味。故凡笔债——平时友好请求的,和开画展时重订的——我认为一件苦痛的事。为避免这苦痛,我把纸整理清楚,叠在手边。待兴到时,拉一张来就画。过后补题上款,送给请求者。总之,我欢喜画的时候不知道为谁而画,或为若干润笔而画,而只知道为画而画。这才有艺术的意味。这掩耳盗铃之计,在平日可行,在那时候却行不通。为了一个情不可却的请求,为了交换一辆汽车,我不得不在疲劳忧伤之余，在昏昏灯火之下，用恶劣的纸笔作画。这在艺术上是一件最苦痛、最不合理的事！但我当晚勉力执行了。

次日一早，赵君亲来送行，汽车顺利地开走。下午，我们老幼五人及行李十二件，安全地到达了目的地都匀。汽车站壁上贴着我的老姐及儿女们的住址，他们都已先到了。全家十一人，在离散了十六天之后，在安全地带重行团聚，老幼俱各无恙。我们找到了他们的时候，大家笑得合不拢嘴来。正是"人世难逢开口笑，茅台须饮两千杯！"这晚上十一人在中华饭店聚餐，我饮茅台酒大醉。

一个普通平民，要在战事紧张的区域内舒泰地运出老幼五人和十余件行李，确是难得的事。我全靠一副对联的因缘，居然得到了这权利。当时朋友们夸饰为美谈。这就是张其昀先生所谓"艺术的逃难"。但当时那副对联倘不拿出去晒，赵君无由和我相见，我就无法得到这权利，我这逃难就得另换一种情状。也许更好；但也许更坏：死在铁蹄下，转乎沟壑……都是可能的事。人真是可怜的动物！极微细的一个"缘"，例如晒对联，可以左右你的命运，操纵你的生死。而这些"缘"都是天造地设，全非人力所能把握的。寒山子诗云："碌碌群汉子，万事由天公。"人生的最高境界，只有宗教。所以我说，我的逃难，与其说是"艺术的"，不如说是"宗教的"。人的一切生活，都可说是"宗教的"。

赵君名正民，最近还和我通信。

**1946 年 4 月 29 日于重庆**

# 记乡村小学所见

最近我因某种机会,在一位当乡村小学校长的朋友家里住了数天,目见耳闻该校种种状况,无不感动。就把所见闻的记录出来,以供关心教育事业的参考。

这学校的校舍是会馆里面的三间祠堂屋,房租可以不出。其进出须得通过会馆的停柩所。数十具大大、小小、新新、旧旧的棺材,分列两行,中间留一条路。好像两排卫队,天天站在那里迎送五六十个小学生和三个先生的来去。学校的收入,除官家津贴每学期七八十元之外,还有五六十个学生的学费。虽然有一半以上的人不缴学费,但也有四分之一以上的人缴费,每人都缴大洋一元。故这学校每学期的收入一共也有百元左右,若以十年而论,其收入就有二千元之谱。

我的朋友家里有些薄田可以糊口,原不靠教书吃饭。他自己做校长,又兼教师。另外请一位本地老先生做专任教师。此人驼背,每天早晨拿着长烟管和铜茶壶鞠躬如也地到校,中午又鞠躬如也地回家吃饭。吃过了再到校,直到四点多钟再回家。全校取复式教授,共分二班。校长专任一班,驼背先生专任一班。两人都每天自早晨到晚快,尽瘁地教授;而驼背先生尤可谓鞠躬尽瘁。还有一位教唱歌体操的小先生，是一个十五岁的青年，新从本地高小毕业出来，就荣任该校的插班教师，每星期来三个半天。我数月前来此，还看见他挟了报纸做的书包进高小读书；这回就看见他站在该校的黑板前教书了，后生可畏！

小先生虽然也是该校的教师之一人，但在薪水支配上只算是小半个。校长同他约定，每学期致送薪敬大洋十元。其余的由驼背先生和校长二人四六分派。这支配很公平：校长有创办之功，又有对外之劳，理应得六成。驼背先生每天鞠躬尽瘁，理应与校长共存同荣。小先生究竟每星期只来三个半天，虽限定十元，但县税及学费减少时对他没有影响，可说是"坐得"的。其余二人虽不坐得，但只要县税与学费不减少，以十年而论，校长先生所得有千元之谱，驼背先生所得也有六百元左右。因为该校除了每天限定的几个粉笔头之外，全无别的杂用，其消耗节俭之至，差不多全部收入是薪水。

但这节俭是近来励行的。听说在几年前，该校也有各项杂用开支。例如草纸，向来是由学校供给的。但因孩子们"食多屎多"，不断地登坑，或者并无大便，故意约伴登坑；浪费草纸。每月学校开支的草纸费也要一元左右。现在改令学生自备草纸来校登坑，则不但每月一元左右的草纸费可以从俭，每月两三坑粪的外快收入仍旧可以不减。又如饮料，先前由学校买茶叶泡茶，后来为注重卫生而提倡节俭，改用白开水。但在米珠薪桂的年头，白开水也要柴烧，每日也须浪费几个铜板的柴钱，所以现在索性把饮料一项取消了。据校长先生说，这不仅为节俭,也是注重卫生。因为那班学生课余无赖,只管捧着茶杯饮水,饮料过多而无益,也有害于卫生。全校都是走读生,大可让他们在家里饮了茶来校,不但学校可以节省工本,学生饮茶有定时定量,也是好处。故以上两项节省,都是省得有益的。不能省的只有粉笔,几册纸簿,和改写字卷子用的洋蓝和洋红。粉笔一星期限定用几枝,且在办公桌旁贴一张纸条,上写"粉笔用后请带回"。这又不但为节省粉笔,同时防止学生在门窗板壁上漫涂,也可收得清洁和卫生之益。至于纸簿,全校每学期所费不过几角钱。这几角钱的生意规定归某纸店,算账时规定赠送洋红洋蓝各一包。每包可以泡水一大瓶,尽够一学期中批改书法和算术之用。除此以外,全无别项杂用开支。校工当然不需要,偶有扫除工作,驼背先生和年长的学生都能兼任。驼背先生的旱烟袋里缺乏了粮草,或者铜壶里缺乏了开水的时候,规定由两个学生奔走当差——一个是老烟店里的儿子,一个是小茶店里的儿子。三个铜板老烟,常比普通六个铜板一包的更大。泡开水出了一个铜板之后,可泡了十几回之后再出。即使不出也不妨,因为驼背先生原是这小茶店的老主顾,每天规定去吃两次茶的。

说起了驼背先生的吃茶,我非把他的私人生活描一轮廓不可。前面说过,我的朋友家里略有薄田可以糊口,并不专靠做校长吃饭。但做校长也是"乐得"的。因为在家里也要吃饭,做校长的收入可算是外快,况且名利双收。小先生家里开豆腐店,生意还过得去。他的父亲和祖父都是本作的工人,向来一字不识。到了小先生这一代,家里忽而书香起来。就这一点,已使小先生的父亲和祖父十分光荣而满足。莫说校长每学期送他十元,就是叫他每月倒贴几元,豆腐店老板也是高兴的。故校长和小先生都不靠学校吃饭。靠学校吃饭的是驼背先生。他先前是秀才,曾经在家里坐私塾。校长先生兴办这学校时,他率领部下归并于学校。他是这学校的柱石功臣,所以校长先生不当他普通教师看待,而视同股东,同他订下四六分派的条件,永与共存同荣。驼背先生家里有一妻一子二女。房子是自己的。不须出租钱。其余一家五口的衣食,全在学校经费开支所余的四成上开花。这四成在过去每年有百元左右,现在只得七八十元。在都会里大进大出的人听了这话要替他的生活担心。其实他的生活比你们舒服得多:除了一家五个吃饱穿暖以外,驼背先生还可吸老烟,而且每天规定到小茶店吃两次茶。十余年来他家里还颇有些儿积蓄。常有乡下人以三分息向他想法五块十块的借洋。这是什么道理呢?无他,他有非常精明而巧妙的节俭方法,以致于此。我没有参观过他的家庭生活的状况,但看见两天提了洋瓷[1]饭篮送午饭到校的他的女儿,身上布衣光鲜,脸孔吃得团团的,便可想见他的家庭生活的全部。我没有聆教过他的治家格言,但从他的表现于外的生活习惯上,可以想象他的俭德的精明与巧妙。就吸烟而说,他一向叫他的学生,烟店的小老板去买,已经比别人便宜一半;而吸的时候又异常节省。一管老烟,在他可做两管吃。其法,吸了几口之后,让他在烟斗中熄灭,并不敲出。第二课下课时,方才敲它出来。把

---

1 即搪瓷。

它翻一个身，再装进烟斗中。人们从表面看去，只见又是黄黄的一管老烟，并不知道底下的半管是灰烬了。于是他把烟斗塞进火钵里，又是吞云吐雾地吸一管烟。这回吸完了须得敲出，而敲出来的才是真正的烟灰了。我们吸香烟，有时吸了半支烟瘾已过，还是无益地吸完它，可谓浪费。俭德者就会摘去火头，把下半支留着再吸一顿。但这是吸香烟中所常见的节俭法。吸老烟也可用这方法，我在驼背先生处是第一次看到，这真可谓俭德的模范了。我曾经鉴赏过他的"宝筒"，那根竹紫得发黑，那咬嘴上牙印凿凿，那烟斗的口上已经敲得磨平一半，仿佛几何画中斜切一部分的圆。古色古香，令人爱不忍释。可想见这是十年以上的古董了。我在鉴赏中为之神往，不知这烟管曾经消费了若干老烟，曾经敲过若干次数，以至于形成今日的状态。

次就吃茶而说，驼背先生虽曰每天早晚上茶馆两次，其实所费的只有一碗茶的价钱，铜元六枚。他早上与太阳一同起身。起身就到小茶店里，洗面，吃茶。吃到早饭模样，他把茶碗盖翻向天，回家吃早饭去。茶堂倌自会将他的茶碗拿去搁在碗架上特定的地方，等他晚间来时再拿出来冲给他吃。这办法叫作"摆一摆"，就是一碗茶做两次吃。仿佛一稿两投的办法。驼背先生教了一天书，晚饭后风雨无阻地再来这小茶店，继续享用摆一摆的那碗茶。据他说，摆过后的茶比原泡更好。谚云："烟头茶尾"，这正是茶尾，而且浸过一天，茶汁统统浸出，其味更浓。黄昏这一碗茶，他吃得非常从容，大约从六点到九点，要坐三个钟头。那碗茶要冲了十多次，直到冲得与开水无甚分别了的时候,他把最后冲的一碗倒进随身带来的铜茶壶中,随身带回家去。明天早晨先冲了一壶,倒进另一把瓷器茶壶中。然后再冲一壶,随身带进学校去。

每天茶钱六个铜板,读者为他打算起来,或将代他可惜,不是每月茶钱要一千八百文,每年要两万多文吗?然而这是便宜的。一则,他家里可以省去洗面的毛巾,除家人合用一个经年不破的"高丽布手巾"[1]以外,驼背先生自己简直不消耗毛巾,每天由茶店供给。二则,他家里可以通年不买茶叶。就这笔收入已经抵得过茶钱。况且又可省油灯,晚上驼背先生上茶店了,家里的人都早睡,用不着点火。而驼背先生偶然看书,写作,都可借光于茶店。非但借光,连笔墨都不须自备,只管借用账桌上的。再况且有的时候,也有曾经托他写过信,或者要向他借五块钱的人,慷慨解囊,替他会钞。这时候驼背先生也很客气,定要自己摸出钱包来付钞。但他的钱包防裹很紧;藏在衬里衫的袋里,袋口上又用"别针"锁住;包的是一层报纸和一层布,布外面又用绳子扎好。等到他伸手进去除了"别针",摸出钱包,打开绳子,摊开布包,而露出中间的报纸时,茶堂倌早已把别人替他代付的铜板投进竹管里了。

这不过是我所知道的驼背先生的俭德的一斑。其余的俭德,可惜我不知道,无法赞颂。但看了以上的数点,也可想见其生活的全般了。

---

[1] 一种用棉纱织成、布面呈凹凸形的长方形手巾,一般作抹布用,旧时节约者常作洗面巾用。

语云："名师出高徒。"在这样的俭德学校里受这样的俭德先生的教诲的学生,自然多能身体力行这种俭德。我听朋友的儿子的报告,觉得内中小茶店里的儿子最为模范的俭德家。那小孩今年十一岁,列入三年级。他以一身兼任三职:学校的学生,家里的工人,和店里的学徒。每逢他母亲有事或有病了,他就请假,在家里帮父亲烧饭,抱小弟弟。或者抱了小弟弟来读书。又每逢市上热闹的时节,他也请假,在店里帮父亲管茶炉,卷煤头纸[1]。学费他是不缴的,请假不算损失。据朋友家的儿子说,他在校读书,学用品所费最省,一学期用不到二只角子,他的所有一切教科书不是新的,都是以廉价向上级同学转购来的。上级的同学自然也是俭德者,读过的旧书保存着不会生出钱来,不如卖了。然而货物是旧了的,其价也须打个一折几扣,每本最多只卖三四个铜板。有的人更会打算,连上学期的札记簿也出卖。茶店小老板便是专收旧书的人。在放假时以极廉价收买数套。除自己用了一套以外,将别的转卖给同级友,从中博取蝇头之利,以所得的利息买纸,这不得不出重价去买新的。既出了重价,用时自然特别节省。他的纸要作四次的用度,第一次是用铅笔写,第二次用淡蓝水的钢笔写,第三次用毛笔写,最后拿回店里去包铜板。这种经济的办法,自从被他发明以后,已经风行全校。驼背先生虽有时因字迹模糊,摇两摇头,但也不加禁止,因为这是与他自己的教育主张相符的。茶店小老板的节俭,实比先生更为进步,有"出蓝"之誉。他

---

[1] 卷成的煤头纸,一般供抽水烟时引火之用。

自从一年级时代买了一锭"文章一石"[1]之后,至今没有买过墨。需墨的时候,向前后左右的邻席同学"借"用。借的回数太多时,不妨走远些,向适当的别人借用。这样,便似"罗汉斋观音",他可在数年内尽不买墨。据朋友的儿子说,这是驼背先生不赞许的;而且有几个同学近来也悟到了这"借"字的性状,渐渐对他表示拒绝。这固然不甚合理,但也无非是俭德极度进步后的一种变相,情有可原也。

但有人看了原稿,说我这篇文章取材欠精,因为现今的中国,尚有比这更俭约的学校和家庭存在着。我承认他的话是对的。上述的原不过是我最近见闻的记录罢了。

1935年3月14日于石门湾

---

[1] "文章一石"为一种墨上所写之字,这里指这种墨。

# 手指

已故日本艺术论者上田敏的艺术论中，曾经说过这样的话："五根手指中，无名指最美。初听这话不易相信，手指头有甚么美丑呢？但仔细观察一下，就可看见无名指在五指中，形状最为秀美。……"大意如此，原文已不记得了。

我从前读到他这一段话时，觉得很有兴趣。这位艺术论者的感觉真锐敏，趣味真丰富！五根手指也要细细观察而加以美术的批评。但也只对他的感觉与趣味发生兴味，却未能同情于他的无名指最美说。当时我也为此伸出自己的手来仔细看了一会。不知是我的视觉生得不好，还是我的手指生得不好之故，始终看不出无名指的美处。注视了长久，反而觉得恶心起来：那些手指都好像某种蛇虫，而无名指尤其蜿蜒可怕。假如我的视觉与手指没有毛病，上田氏所谓最美，大概就是指这一点罢？

这会我偶然看看自己的手，想起了上田氏的话。我知道了上田氏的所谓"美"是唯美的美。借他们的国语说，是onnarashii（女相的）的美，不是otokorashii（男相的）的美。在绘画上说，这是"拉费尔〔拉斐尔〕前派"（PreRaphaelists）一流的优美，不是赛尚痕〔塞尚〕（Cézanne）以后的健美。在美术潮流上说,这是世纪末的颓废的美,不是新时代感觉的力强的美。

但我仍是佩服上田先生的感觉的锐敏与趣味的丰富,因为他这句话指示了我对于手指的鉴赏。我们除残废者外,大家随时随地随身带着十根手指,永不离身,也可谓相亲相近了;然而难得有人鉴赏它们,批评它们。这也不能不说是一种疏忽!仔细鉴赏起来,一只手上的五根手指,实在各有不同的姿态,各具不同的性格。现在我想为它们逐一写照:

大指在五指中,是形状最难看的一人。他自惭形秽,常常退居下方,不与其他四者同列。他的身体矮而胖,他的头大而肥,他的构造简单,人家都有两个关节,他只有一个。因此他的姿态丑陋,粗俗,愚蠢而野蛮,有时看了可怕。记得我小时候,我乡有一个捉狗屎[1]的疯子,名叫顾德金的,看见了我们小孩子,便举起手来,捏一个拳,把大指矗立在上面,而向我们弯动大指的关节。这好像一支手枪正要向我们射发,又好像一件怪物正在向我们点头,我们见了最害怕,立刻逃回家中,依在母亲身旁。屡屡如此,后来母亲就利用"顾德金来了"一句话来作为阻止我们恶戏的法宝了。为有这一段故事,我现在看了大指的姿态愈觉可怕。但不论姿态,想想他的生活看,实在不可怕而可敬。他在五指中是工作最吃苦的工人。凡是享乐的生活,都由别人去做,轮不着他。例如吃香烟,总由中指食指持烟,他只得伏在里面摸摸香烟屁股;又如拉胡琴,总由其他

---

[1] 作者家乡话,意即捡狗屎(作肥料)。

四指按弦,却叫他相帮扶住琴身;又如弹风琴弹洋琴〔钢琴〕,在十八世纪以前也只用其他四指;后来德国音乐家巴哈〔巴赫〕(Sebastian Bach)总算提拔他,请他也来弹琴;然而按键的机会他总比别人少。又凡是讨好的生活,也都由别人去做,轮不着他。例如招呼人都由其他四人上前点头,他只得呆呆地站在一旁;又如搔痒,也由其他四人上前卖力,他只得退在后面。反之,凡是遇着吃力的工作,其他四人就都退避,让他上前去应付。例如水要喷出来,叫他死力抵住;血要流出来,叫他拼命捺住;重东西要翻倒去,叫他用劲扳住;要吃果物了,叫他细细剥皮;要读书了,叫他翻书页;要进门了,叫他揿电铃;天黑了,叫他开电灯;医生打针的时候还要叫他用力把药水注射到血管里去。种种苦工都归他做,他决不辞劳。其他四人除了享乐的讨好的事用他不着外,稍微吃力一点的生活就都要他帮忙,他的地位恰好站在他们的对面,对无论哪个都肯帮忙。他人没有了他的助力,事业都不成功。在这点上看来,他又是五指中最重要,最力强的分子。位列第一而名之曰"大",曰"巨",曰"拇",诚属无愧。日本人称此指曰"亲指"(oyayubi),又用为"丈夫"的记号;英国人称"受人节制"曰"under one's thumb"。其重要与力强于此尽可想见。用人群作比,我想把大拇指比方农人。

难看,吃苦,重要,力强,都比大拇指稍差,而最常与大拇指合作的,是食指。这根手指在形式上虽与中指、无名指、小指这三个有闲阶级同列,地位看似比劳苦阶级的大拇指高得多,其实他的生活介乎两阶级之间,比大拇指舒服得有限,比其他三指吃力得多！这在他的姿态上就可看出。除了大拇指以外，他最苍老，头团团的，皮肤硬硬的，指爪厚厚的，周身的姿态远不及其他三指的窈窕，都是直直落落的强硬的曲线。有的食指两旁简直成了直线而且从头至尾一样粗细，犹似一段香肠。因为他实在是个劳动者。他的工作虽不比大拇指的吃力，却比大拇指的复杂。拿笔的时候，全靠他推动笔杆，拇指扶着，中指衬着，写出种种复杂的字来。取物的时候，他出力最多，拇指来助，中指等难得来衬。遇到龌龊的、危险的事，都要他独个人上前去试探或冒险。秽物、毒物、烈物，他接触的机会最多；刀伤、烫伤、轧伤、咬伤，他消受的机会最多。难怪他的形骸要苍老了。他的气力虽不及大拇指那么强，然而他具有大拇指所没有的"机敏"。故各种重要工作都少他不得。指挥方向必须请他，打自动电话必须请他，扳枪机也必须请他。此外打算盘，捻螺旋解纽扣等，虽有大拇指相助，终是要他主干的。总之，手的动作，差不多少他不来，凡事必须请他上前做主。故英人称此指为 fore finger，又称之为 index，我想把食指比方工人。

　　五指中地位最优，相貌最堂皇的，无如中指。他住在中央，左右都有屏藩。他的身体最高，在形式上是众指中的首领人物。他的两个贴身左右无名指与食指，大小长短均仿佛好像关公左右的关平与周仓，一文一武，片刻不离地护卫着。他的身体夹在这两人中间，永远不受外物冲撞，故皮肤秀嫩，颜色红润，曲线优美，处处显示着养尊处优的幸福，名义又最好听，大家称他为"中"，日本人更敬重他，又尊称之为"高高指"

(takatakayubi)。但讲到能力，他其实是徒有其形，徒美其名，徒尸其位，而很少用处的人。每逢做事，名义上他总是参加的，实际上他总不出力，譬如攫取一物，他因为身体最长，往往最先碰到物，好像取得这物是他一人的功劳。其实，他一碰到之后就退在一旁，让大拇指和食指这两个人去出力搬运，他只在旁略为扶衬而已。又如推却一物，他因为身体最长，往往与物最先接触，好像推却这物是他一人的功劳。其实，他一接触之后就退在一旁，让大拇指和食指这两个人去出力推开，他只在旁略为助势而已。《左传》"阖庐伤将指"句下注云："将指，足大指也。言其将领诸指。足之用力大指居多。手之取物中指为长。故足以大指为将，手以中指为将。"可见中指在众手指中，好比兵士中的一个将官，令兵士们上前杀战，而自己退在后面。名义上他也参加战争，实际他不必出力。我想把中指比方官吏。

无名指和小指，真的两个宝贝！姿态的优美无过于他们。前者的优美是女性的，后者的优美是儿童的。他们的皮肤都很白嫩，体态都很秀丽。样子都很可爱。然而，能力的薄弱也无过于他们了。无名指本身的用处，只有研脂粉，蘸药末，戴指戒。日本人称他为"红差指"（benisashiyubi），是说研磨胭脂用的指头。又称他为"药指"（kusuriyubi），就是说有时靠他研研药末，或者蘸些药末来敷在患处。英国人称他为ring finger，就是为他爱戴指戒的原故。至于小指的本身的用处，更加藐小，只是挖挖耳朵，扒扒鼻涕而已。他们也有被重用的时候，在丝竹管弦上，他们的能力不让于别人。当一个戴金刚钻指戒的女人要在交际社会中显示她的美丽与富有的时候，常用"兰花手指"撮了香烟或酒杯来敬呈她所爱慕的人。这两根手指正是这朵"兰花"中最优美的两瓣。除了这等享乐的光荣的事以外,遇到工作,他们只是其他三指的无力的附庸。我想把无名指比方纨绔儿,把小指比方弱者。

故我不能同情于上田氏的无名指最美说,认为他的所谓美是唯美,是优美,是颓废的美。同时我也无心别唱一说,在五指中另定一根最美的手指。我只觉五指的姿态与性格,有如上之差异,却并无爱憎于其间。我觉得手指的全体,同人群的全体一样。五根手指倘能一致团结,成为一个拳头以抵抗外侮,那就根根有效用,根根有力量,不复有善恶强弱之分了。

1936年3月31日

# 随笔漫画

随笔的"随"和漫画的"漫",这两个字下得真轻松。看了这两个字,似乎觉得作这种文章和画这种绘画全不费力,可以"随便"写出,可以"漫然"下笔。其实绝不可能。就写稿而言,我根据过去四十年的经验,深知创作——包括随笔——都很伤脑筋,比翻译伤脑筋得多。倘使用操舟来比方写稿,则创作好比把舵,翻译好比划桨。把舵必须掌握方向,瞻前顾后,识近察远;必须熟悉路径,什么地方应该右转弯,什么地方应该左转弯,什么时候应该急进,什么时候应该缓行,必须谨防触礁,必须避免冲突。划桨就不须这样操心,只要有气力,依照把舵人所指定的方向一桨一桨地划,总会把船划到目的地。我写稿时常常感到这比喻的恰当:倘是创作,即使是随笔,我也得预先胸有成竹,然后可以动笔。详言之,须得先有一个"烟士比里纯",然后考虑适于表达这"烟士比里纯"[1]的材料,然后经营这些材料的布置,计划这篇文章的段落和起讫。这准备工作需要相当的时间。准备完成之后,方才可以动笔。动笔

---

[1] 英文 inspiration 的译音,意即灵感。

的时候提心吊胆,思前想后,脑筋里仿佛有一根线盘旋着。直到脱稿之后,直到推敲完毕之后,这根线方才从脑筋里取出。但倘是翻译,我不须这么操心:把原书读了一遍之后,就可动笔,逐句逐段逐节逐章地把外文改造为中文。考虑每句译法的时候不免也费脑筋。然而译成了一句,就可透一口气,不妨另外想些别的事情,然后继续处理第二句。其间只要顾到语气的连贯和畅达,却不必顾虑思想的进行。思想有作者负责,不须译者代劳。所以我做翻译工作的时候不怕旁边有人。我译成一句之后,不妨和旁人闲谈一下,作为休息,然后再译第二句。但创作的时候最怕旁边有人,最好关起门来,独自工作。因为这时候思想形成一根线索,最怕被人打断。一旦被打断了,以后必须苦苦地找寻断线的两端,重新把它们连接起来,方才可以继续工作。近来我少创作而多翻译,正是因为脑力不济而"避重就轻"。

  这时候我想起了三十多年前的生活情况:屋子小,没有独立的书房。睡觉,吃饭,工作,同在一室。我坐在书桌旁边写稿,我的太太坐在食桌旁边做针线。我的写稿倘是翻译,我欢迎她坐在这里,工作告段落的时候可以同她闲谈一下,作为调剂。但倘是创作,我就讨厌她。因为她看见我搁笔不动,就用谈话来打断我的思想线索。但这也不能怪她,因为她不知道我写的是翻译还是创作,也许她还误认我的写稿工作同她的针线工作同一性状,可以边做边谈的。后来我就预先关照:"今天你不要睬我。"同时把理由说明:我们石门湾水乡地方,操舟的人有一句成语,叫作"停船三里路"。意思是说:船在河中行驶的时候,倘使中途停一下,必须花去走三里路的时间。因为将要停船的时候必须预先放缓速度,慢慢地停下来。停过之后再开的时候,起初必须慢慢地走,逐渐地快起来,然后恢复原来的速度。这期间就少走了三里路。三里也许夸张一点,一两里是一定有的。我正在创作的时候你倘问我一句话,就好比叫正在行驶的船停一停,我得少写三行字。三行也许夸张一点,一两行是一定有的。我认为随笔不能随便写出,理由就如上述。

漫画同随笔一样,也不是可以"漫然"下笔的。我有一个脾气:希望一张画在看看之外又可以想想。我往往要求我的画兼有形象美和意义美。形象可以写生,意义却要找求。倘有机会看到了一种含有好意义的好形象,我便获得了一幅得意之作的题材。但是含有好意义的好形象不能常见,因此我的得意之作也不可多得。记得有一次,我在院子里闲步,偶然看见石灰脱落了的墙壁上的砖头缝里生出一枝小小的植物来,青青的茎弯弯地伸在空中,约有三四寸长,茎的头上顶着两瓣绿叶,鲜嫩袅娜,怪可爱的。我吃了一惊,同时如获至宝。因为这美丽的形象含有丰富深刻的意义,正是我作画的模特儿。用洋洋数万言来歌颂天地好生之德,远不及用寥寥数笔来画出这枝小植物来得动人。我就有了一幅得意之作,画题叫作"生机"。记得又有一次,我去访问一位当医生的朋友,走进他的书室,看见案上供着一瓶莲花,花瓶的样子很别致,仔细一看,原来是一尺来长的一个炮弹壳,我又吃一惊,同时又如获至宝。因为这别致的形象也含有丰富深刻的意义,也是我作画的模特儿。用慷慨激昂的演说来拥护和平,远不如默默地画出这瓶莲花来得动人。我又有了一幅得意之作,画题叫作"炮弹作花瓶……"。

我的找求画材大都如此。倘使我所看到的形象没有丰富深刻的意义，无论形状色彩何等美丽，我也懒得描写；即使描写了，也不是我的得意之作。实在，我的作画不是作画，而仍是作文，不过不用言语而用形象罢了。既然作画等于作文，那么漫画就等于随笔。随笔不能随便写出，漫画当然也不得漫然下笔了。

1957年1月18日于上海

# 编者的话

丰子恺先生1898年出生于浙江省崇德县石门湾（今浙江省嘉兴市桐乡市石门镇石门湾）。

丰子恺先生绘画师从李叔同，国文求教夏丏尊。在漫画、书法、翻译等各方面均有突出成就，先后出版的书法和画集、散文著作、美术理论和音乐理论著作等达百余部。他有自己独特的美学思想，以广博的爱关注着人世间的真、善、美，散文中蕴含着浓浓的人文情怀。

丰子恺先生的漫画，犹如文学中的随笔，以为"漫，随意也。凡随意写出的画，都不妨称为漫画"，同时，又是"内容精粹"的。

丰子恺先生的随笔，善于选取自己熟悉的生活题材，取其片断，以自己的所感，用最朴质的文字坦率地表达出来。在朴质细微乃至接近白描的文字中，倾注了一股真挚而又深沉的情感，同时又不乏哲理性的文句，很容易打动读者的心灵并引起共鸣。

本书由丰子恺先生的外孙杨朝婴、杨子耘亲自监制并提供底本和选篇，目的是把丰子恺先生最佳的作品显现给读者。基于对丰子恺先生的尊重，为了最大限度地呈现原作的风貌，只对其中的个别错讹进行改正，规范了个别字词的写法，以便读者阅读、理解。

新流
xinliu

| | |
|---|---|
| 产品经理：张　璐 | 责任印制：赵　明 |
| 装帧设计：达克兰 | 　　　　　赵　聪 |
| 特约编辑：李　睿 | 营销编辑：肖　瑶 |
| 助理编辑：于冰洁 | 出版监制：吴高林 |

图书在版编目（CIP）数据

儿童散学归来早/丰子恺著.——贵阳：贵州人民出版社，2023.5
ISBN 978-7-221-17632-5

Ⅰ.①儿… Ⅱ.①丰… Ⅲ.①散文集—中国—现代 Ⅳ.①I266

中国国家版本馆CIP数据核字(2023)第058427号

**ERTONG SANXUE GUILAI ZAO**

### 儿童散学归来早

丰子恺　著

| | |
|---|---|
| 出 版 人 | 朱文迅 |
| 策划编辑 | 陈继光 |
| 责任编辑 | 杨雅云 |
| 装帧设计 | 达克兰 |
| 责任印制 | 赵　明　赵　聪 |

| | |
|---|---|
| 出版发行 | 贵州出版集团　贵州人民出版社 |
| 地　　址 | 贵阳市观山湖区会展东路SOHO办公区A座 |
| 印　　刷 | 凯德印刷（天津）有限公司 |
| 版　　次 | 2023年5月第1版 |
| 印　　次 | 2023年5月第1次印刷 |
| 开　　本 | 880毫米×1230毫米　1/32 |
| 印　　张 | 8.5 |
| 字　　数 | 180千字 |
| 书　　号 | ISBN 978-7-221-17632-5 |
| 定　　价 | 49.80元 |

如发现图书印装质量问题，请与印刷厂联系调换；版权所有，翻版必究；未经许可，不得转载。